U0607479

（ 2018 年 9 月于山海关 ）

　　申忠信，谱名成信，号戏墨斋主。 1948 年生于牡丹江市。祖籍山东莒县。

　　现为中国作家协会会员、中华诗词学会会员、黑龙江省漫画会会员、牡丹江市诗词楹联家协会顾问、中国现代书画摄影艺术家协会常务理事、牡丹江市音乐家协会会员。

　　作品散见于国内外报刊及全国、省、市级展览。诗词作品收入《龙吟集》、《镜泊风》、《远域诗缘》、《中华当代律诗选萃》、《中日友好千家诗》等多部诗集中。传略及代表作 品被收入《当代中华诗词家大辞典》、《中国篆刻摄影艺术家辞典》、《黑龙江政协委员风采》、《牡丹江文艺家传记》等。

　　近年来著有《诗词格律新讲》（ 2013 ）《诗韵词韵速查手册》（ 2014 ）《诗词格律三十三讲》（ 2017 ）《诗词韵、格、谱集成》（ 2023 ）《诗词格律简说》（ 2023 ） 等。

封面自画像（ 2011 年 ）

戏墨人生

——申忠信诗词作品集

申忠信　著

中国文史出版社

CHINA CULTURAL AND HISTORICAL PRESS

图书在版编目（CIP）数据

戏墨人生：申忠信诗词作品集 / 申忠信著. —北
京：中国文史出版社，2023.6
ISBN 978-7-5205-4201-2

Ⅰ. ①戏… Ⅱ. ①申… Ⅲ. ①诗词-作品集-中国-
当代 Ⅳ. ①I227

中国国家版本馆 CIP 数据核字（2023）第 153290 号

责任编辑：詹红旗

出版发行：**中国文史出版社**

社　　址：北京市海淀区西八里庄路 69 号　　邮编：100142
电　　话：010-81136606　81136602　81136603（发行部）
印　　装：廊坊市海涛印刷有限公司
经　　销：全国新华书店
开　　本：787 毫米×960 毫米　1/16
印　　张：21.25
字　　数：210 千字
版　　次：2024 年 1 月北京第 1 版
印　　次：2024 年 1 月第 1 次印刷
定　　价：65.00 元

自 序

一

爱诗不知自何时起，写诗亦然。

我出生在牡丹江市的一个普通平民家庭。父亲朴实厚道，没有上过学，只是跟着别人读过几本书。父亲的悟性很高，许多活都做得很出色。记得家里有一把柳琴，就是他自己制作的。偶尔，他还弹拨几下给我们听。他还曾跟着一位农村画家学过几天绘画。母亲慈祥而善良，是一位典型的贤妻良母。她手很巧，七个孩子的衣帽鞋袜全由她自己一针一线地缝制。她绣的花鸟鱼虫栩栩如生，在邻里远近闻名。好多邻居常请她帮助绘制一些刺绣的花样。在父母的影响下，我从小就喜欢读书写字。五六岁就能笨笨磕磕地读一些书了。可以说，父母给了我很大的影响。他们是我最早的启蒙老师。

记得小时候还没有上学就跟着上学的哥哥、姐姐学会了很多字。他们放学回来，我就抓起他们的书看起来没完。母亲看我这么爱看书，就把家中的几本鼓词找出来让我读给她听。那些鼓词无非是《响马传》《清官断》之类，故事情节都很吸引人，但那里面我不认识的字也太多。开始我只能磕磕巴巴地读。遇到不认识的字，我就用"什么"来代替。不认识的字多了，"什么"也就多起来。母亲就笑着说："怎么那么多'什么'呀？"我有点儿尴尬，脸热辣辣的。母亲便安慰我几句。就这样，我一气儿读到上学以后，认识的字多了，用"什么"来代替的也少了，也就通顺起来。我读的鼓词是一种唱本，都是用五言七言的诗句来叙述故事的，每一回的开头和结尾还都用了长短句的词做引导和总结。我在读它们的时候，除了被那些故事所吸引外，还对那些诗句发生了兴趣。于是时不时地也学着挤出几句来。虽然现在想来可能不伦不类，但当时自己却感到很好玩儿。到了小学三年级的夏天，学校里开全校体育运动大会。学校的操场很大，各年级都参加，加上红旗招展，锣鼓喧天，场面自然很壮观。受到气氛的感染，我脑中突然冒出了四句七言的句子。我赶紧写下来，把它交给了老师。老师看了之后感到挺好，就送到了大会主席台。不一会儿，大会主席台就通过广播播了出来。当时感到非常高兴。也许，那就可以算作我第一次发表作品了吧。自此，也就不时地凑几句五言、七言的，但也就是感到好玩而已。到了读初中的时候，接触到了王力先生的《诗词格律十讲》。对诗词格律开始懂了一点儿，对诗词的喜爱也就更进了一步。初中三年级，学校里搞国庆征文活动。我把一次春游登山时写的四句七言交了上去。没想到，还真的获了二等奖。油印的小奖状盖着学校的大红印章，虽然简单，但心情可以想象。也许，这就是我的作品第一次获奖吧。

爱诗似乎就是这样开始的，写诗亦然。

二

　　说到《戏墨人生》，就不得不提到《艺丛新芽》。《艺丛新芽》是 20 世纪 60 年代我和几位同学创办的一本文学杂志。当时，作家都被打倒了，文学刊物也都被停刊，那么，我们的文学事业将怎样发展呢？发表作品的园地没有了，我们这些文学青年该怎么办呢？我和几位刚刚走出校门的同学决定一起办一本杂志，取名《艺丛新芽》。刊期定为双月刊。封面由我设计，版面安排、刻印以我为主，另一位同学 Y 君协助。其他诸如纸张的筹集、印刷、稿件的征集等都由其他同学结合自己的条件去做。当时的目的只有一个，就是办一个自己的文学刊物，这样既有了发表和交流作品的园地，也可以给当时被打得奄奄一息的文学领域带来一点生气和活力，也算是对文学事业的一点贡献吧。当时也有人说《艺丛新芽》存在问题，我不能认同。一位同学单位的人来搞外调，由于在这方面的分歧，我不够冷静，同他们吵了起来。他们说我早晚要吃亏的，并威胁说不信你就等着瞧。接着，我单位清查办的人找我谈话，批评我不该不冷静。我一气之下，把《艺丛新芽》甩给他们说，有没有问题你们自己看！那时我在单位做美工。美工室与清查办是一间大屋子中间打了间壁改成的，隔壁说话这边听得很清楚。一天，我正在画画时，听到隔壁清查办的几个人在"探讨"我的《艺丛新芽》。最后也没有"探讨"出什么名堂。

　　那几位同学单位清查办搞到的关于我是《艺丛新芽》总编辑的证言材料，不断地发到我们单位。我们单位也开始对我的问题进行调查。经过一番调查之后，不久我就被作为"反动"刊物《艺丛新芽》的主要头目、主编挖了出来。

十一届三中全会之后，《艺丛新芽》之案被作为冤假错案得到了彻底平反。虽然《艺丛新芽》的案子被搞得轰轰烈烈，但让人一直闹不明白的是，他们一直也没有提到《艺丛新芽》错在哪里、到底存在什么问题，哪篇文章、哪句话是反动的。当然，现在再回过头来看倒也是应该理解了，欲加之罪，何患无辞嘛！

其实，《艺丛新芽》是我与文学的一个结，也是我《戏墨人生》中的一个点、一条痕。此即前面所说"不得不提"之故也。

三

初中的时候，喜欢上了新诗。1963 年元宵节，市里在人民公园搞了第一次冰灯展。那时的冰灯展不如现在冰灯展的一角，可在当时却感到很壮观了。那时没有什么业余文化生活，到了元宵节的晚上，人们都拥到公园去看冰灯。用当时的话说，是游人如织，人山人海；园内灯火辉煌，冰灯五光十色。一座高高的冰塔吸引了我。这座冰塔叫丰收塔，它高高地耸立着，塔尖闪着银色的光芒刺向夜空。于是我就以丰收塔为题写了一首诗，无非就是什么"啊，丰收塔""高高耸立"之类的句子。之后就陆陆续续地写了一些。喜欢诗当然就要读诗，记得那时喜欢的诗人有郭沫若、光未然、郭晓川、雪莱和裴多菲等。搞到《裴多菲诗集》时，"文化大革命"已经开始了，只能偷偷地读。受了裴多菲的影响，也偷偷地写了一些诸如"麦子熟了"之类的诗，不敢拿出示人，就把它藏在本子的夹页里。（那时没有本子用，就把一些废弃的单面表格纸或一面写过字的纸折叠起来，然后再钉成本子）在还没开展"文化大革命"之前，我就钉了一本这样的本子。我用一张好一点的白纸做了封面，把它粘得像书一样，书脊压得规规矩矩。然后用广告色和墨汁画了封面，下面是夜晚城市的剪影，上面是闪耀着星星的夜空，在夜空中我用笨拙的隶书写了两个字——星空。我是想待我诗写得多了，把它们选出来一些抄到这个本子里，作为一本诗集，它的名字就叫作《星空》吧。但是，后来由于种种原因，我并没有把诗抄到这个本子里去，也没有实现单独出版一本《星空》集的愿望。现在借《戏墨人生》出版的机会，选了一些诗凑成《星空》集，放在了书中。之所以这样做，就是因为我感到它理所当然地应该是我"戏墨人生"的一部分。

四

这个集子的后面附了几首歌曲，大都是自己的词曲。其实，严格地说，对于音乐我应该算是外行，或者最多也就是一知半解而已。写曲子一是起源于我在最消沉的时候写了最消沉的诗，有意无意地就用自己曾经学过的一点儿音乐知识谱上了曲子；二是起源于那时各单位都要参加一些文艺演出，我总要为演出写一些曲艺节目，其中就包括了歌曲。自知水平拙劣，但不揣冒昧，把它作为一种补充，使《戏墨人生》更加趋于完整而已。

五

拉拉杂杂地写了这么多，理应就此打住。但是，还应该补充一点的是，借此向我周围的朋友们表示一下感谢！很多人都在

我的工作和生活中给予了很大的帮助，有的也为我的作品提出过
宝贵意见，这里就不一一提名道姓了，别无他意，只恐挂一漏
万耳。

二〇〇八年四月十八日申忠信于休斯敦

目　　录

人生也如仄仄平

七滋八味

格律诗 词 附楹联

人生也如反反平

地上银河在
乘兴游太极
——摘自古绝《中秋》

◎ 一九六五（一首）

晨登铁岭河南山

薄云淡雾景悠然，万里山河俯仰间。
约向峰巅最高处，不临绝顶不回还。

1965 年 6 月 12 日

◎ 一九六六（一首）

代作签字

　　余因病失业，负责人嘱我在工资补偿表上签"同意"二字。一怒之下，信手题下此诗，拂袖而去。

　　一张素纸费思寻，提笔轻轻落笔沉。
　　"愿"字此时难出口，竟教携恨把诗吟。

1966 年 12 月 5 日

◎ 一九六七（二首）

忆秦娥·玉盆秋色

牡丹江市四周群山环绕，中为盆地，若盆状。冬天冰雪覆盖，常与友人戏称为玉盆城。

晨风醉。寒霜催雪花皆碎。花皆碎。丹枫似火，铁松犹翠。　玉盆且喜秋光美。遥遥远望山如绘。山如绘。青红透雪，满天霞蔚。

1967 年深秋

卜算子·题画

北方本无梅，值大雪作梅画，吟此。

雪自天上来，梅绽纱窗外。试问今宵谁采摘，留得幽香在。　雪存圣洁姿，梅有清高态。但愿情牵心相守，永结终生伴。

1967 年 12 月 14 日

◎ 一九六八（十首）

寒 夜 思

冬来天短夜生寒，漫步长街无绪间。
昂首常思明月事，岂知春意正蹒跚。

1968 年 1 月 5 日

慰 友 人

家贫偏遇病缠身，可恨夜长熬煞人。
莫教青春常误我，前程一望是阳春。

1968 年 1 月 7 日

与友人至宁安

单位搞宣传需大红纸，市内脱销。领导派我与好友李忠岐兄至宁安采购。中午小酌，口占一绝。

初逢到宁安，满目旧墙垣。
相约一杯酒，何须空自烦。

1968 年 3 月 27 日

古绝·春雨

细雨掀帘入，春意郊外出。
濛濛见远山，茫茫江上雾。

1968 年 3 月 29 日

浪淘沙·游春

郊外雨绵绵，春意蹒跚。青衿湿透不知寒。[注] 觉得新芽抽嫩绿，游兴连连。　携手再争先，步履翩翩。寻春踏得路弯弯。人事江山多变幻，不似从前。

1968 年 3 月

清　明

得遇清明雨，匆匆卷竹帘。
喜迎双燕舞，檐畔共呢喃。

1968 年 4 月 5 日

【注】此处借用李煜"帘外雨潺潺，春意阑珊。罗衾不耐五更寒"句，反其意也。

望　春

凭栏望远山，霞色映窗前。
双燕携春到，绵绵一线牵。

1968 年 4 月 23 日

雨夜独坐

静夜偏逢雨，孤灯难入眠。
忽疑轻叩户，空对旧诗篇。

1968 年 7 月 13 日

立　秋

昨夜丝丝雨，今晨瑟瑟风。
萧萧秋又到，寞寞送归鸿。

1968 年 8 月 7 日

听友人琴

　　好友刘士安兄善二胡演奏，吾颇为欣赏。士安兄常在宿舍为我一人独奏，致吾听得如醉如痴。占此绝以记之。

　　渺渺清音阵阵风，人生若梦总朦胧。
　　何时探得春长在，把酒狂歌挽硬弓。

　　　　　　　　　　　　1968 年 8 月 10 日

◎ 一九六九（一首）

思 归

　　余因主编《艺丛新芽》而获罪，并陷"牛棚"。"牛棚"内有一小窗，临街。常隔窗而望。望看不到尽头的街景，望阴晴变幻的天空，望翻滚浮动的白云。值元旦，晨，临窗吟此，暗自低声哼唱以成曲，略寄心中之茫然也。

　　小窗但见风光改，觅得萧条又几枝。
　　遥望茫茫云去处，不知何日是归期。

1969 年元旦

◎ 一九七〇（四首）

夜 归

雨过露繁星，夜蛙池畔鸣。
放怀歌一曲，浩气满心胸。

1970 年夏

莲花泡独步

莲花池畔作初游，明月清风正对秋。
遥问寒宫月中客，此身今夜可相留？

1970 年 9 月 15 日

雨 夜

风静雨如丝，丝丝湿我衣。
秋虫杳然去，何处乱唏嘘。

1970 年秋

鹊桥仙·秋雪

值秋之未深，树尚绿而降雪。感慨以记之。

金风乍起，雪陪绿树，共把清秋来度。昨宵迟雁踏遗蔬，叹今又、难寻归路。　碎银乱舞，远观如雾，归客天涯难驻。人间变故尽沧桑，竟断送、风流无数。

1970 年 10 月初

◎ 一九七一（一首）

偶　感

五月青杨乱舞花，飘飘荡荡竞喧哗。
春风几度能吹我，尽使空杯对晚霞。

1971 年 5 月

◎ 一九七二（五首）

游灵隐寺飞来峰

何处飞来一险峰？巉岩怪石满玲珑。
清泉尽绕山间走，古木都朝曲径封。
入耳松涛可惊首，冲天霞蔚壮心胸。
回身放眼三千里，一半游人入画中。

1972 年 7 月 29 日

游杭州黄龙洞

竹倚万山翠，龙盘百洞回。
寄情千古径，送我一朝晖。

1972 年 7 月 31 日

浪淘沙·黄浦江偶成

黄浦乍逢缘，独自凭栏。为谁巧弄几多帆？江水滔滔随意去，莫教心烦。　云涌少翔鸾，青史千番。携来万卷酒犹酣。何不驾舟同鼓浪，添我春颜。

1972 年 7 月 27 日

巫山一段云·咏梅赠友人

独傲三山雪，轻吞万里霜。千番风雨洗尘荒。铁干透铿锵。　　不惜春归去，无缘伴众芳。轮流四季各争强。寥廓满天香。

1972 年 11 月 14 日

沁园春·与友人游并相赠

举步抽闲，并肩长街，明月正初。叙豪情荡漾，激昂胸腑，闹蝇诒诒，何值一诛？虽有狂飙，如吹衣角，我辈知难岂认输？怅苍莽，愿清冤早雪，余恨当除。

鲛绡莫教湿濡。须留作、同拂万卷书。忆千年青史，谁无坎坷，苍松茂茂，尚有稀疏。青雪番番，化为春水，雨后风光分外殊。待临浦，携白鸾黄鹤，对酒当垆。

1972 年 12 月

◎ 一九七三（六首）

江城子·与友人游

新春几日暖无风。望星空。又朦胧。街灯闪闪，相映影儿重。指点江山千古事，抬眼望，尽从容。

1973 年 2 月 11 日

西江月·春日新雨后

昨夜只因新雨，今晨杨柳依依。瞻前顾后太痴迷。恨不常相牵系。　　怎可东君常驻，轮流四季相宜。百花争艳惜芳期。添得人间春意。

1973 年 4 月 25 日

春日信步

东风一夜送春花，信步江边数柳芽。
流水白云何处去，心随黄鹤看红霞。

1973 年 5 月

蝶恋花·记游

新婚不久，偕妻往人民公园游玩。时园中景色清幽，赏之如醉，至玉带桥下，吟成此调。

时近黄昏多悄悄。平静幽池，偶有鱼儿闹。闲向曲桥栏板靠。促成清影相思调。　　杨柳朦胧空渺渺。絮语低回，尽将池边绕。谁把古人编派倒？轻弹玉指回眸笑。

1973 年 8 月 24 日

晨登山游旧地有感

拾级上高峰，难寻旧景同。
丝丝沐烟雨，絮絮语秋风。
昔日胸中志，今朝雨后虹。
偶来理双鬓，能有几葱茏？

1973 年 9 月 3 日

婚后逢中秋寻"人"字韵

往昔中秋独自吟，今年佳节伴佳人。
有心赏月绵绵雨，无意贪杯酒醉人。
四季轮回似流水，韶华不负有心人。
谁知往日非今日，应有今人胜古人。
遥向寒宫可该问，是谁误了那人人？

1973 年 9 月 11 日

◎ 一九七四（四首）

早　春

东风揭晨雾，细雨报春归。
遥向长空问，何时新燕回？

1974 年 4 月 14 日

远游寄语

绿水金鱼花正浓，兰亭八柱古屏风。
谁吟一曲游人乐，紫墨云笺寄远鸿。

1974 年 6 月 11 日于北京中山公园

浪淘沙·酒中即兴

日落酒方酣。又将杯添。相邀一醉小神仙。痴者不知迷者趣，如此绵绵。　　付我几时缘？遥指苍天。为何却把脸儿瞒？一岁一番花雨落，空自回环。

1974 年 8 月 12 日

古绝·中秋

中秋虽未雨，明月何处觅。
地上银河在，乘兴游太极。

1974 年 9 月 29 日

◎ 一九七五（三首）

感　怀

抬头忽见樱花落，相问春宵尚几多？
何故东君来复去，竟催清泪乱滂沱。

1975 年 5 月 4 日

游南山归来

南山游罢日西沉，霞色如丹空自吟。
谁道春风能慰我，一壶清酒洗胸襟。

1975 年 4 月 20 日

秋　行

鸟语嘤嘤满路中，一山古木破云空。
秋风未扫游人趣，霜叶如丹意更浓。

1975 年中秋节

◎ 一九七六（一首）

如梦令·惜年华

月好花红空在。错失韶华如债。虚度久如何，不忍日趋残败。残败。残败。莫将岁华亏待。

1976 年 6 月

◎ 一九七九（一首）

中秋杂咏

中秋未及丝丝雨，黄叶飘飘染湿尘。
十载劫波浮眼过，三年喜讯记犹新。
落花无奈随流水，四季循环冬复春。
莫叹青春难再返，时光不负有心人。

1979 年 10 月 4 日

◎ 一九八〇（四首）

晨乘车过牡丹江海浪大桥

东逝千秋水，悠悠满目收。
行云穿底过，淘尽几风流。

1980 年 6 月 27 日

镜泊湖荡舟野餐

与妻携一双儿女，同好友姜继震等，荡舟镜泊湖。至小孤山处，岸边山势如雄狮面湖而踞，其势凛然。故戏称其为雄狮踞也。

雄狮踞下小孤山，荡荡湖光一望间。
酌得一杯山野味，同携稚子妒神仙。

1980 年 6 月 27 日

镜泊湖荡舟

道是群山托宝镜，苍天透底照峰岚。
微波划破三千顷，一荡轻舟酒愈酣。

1980 年 6 月 27 日

镜泊飞瀑

山高林密水清清，心向汪洋路不平。
时遇悬崖三百尺，奔腾一啸鬼神惊。

1980 年 6 月 28 日

◎ 一九八一 （一首）

梦醒偶成

深宵一梦惊，起看晓风行。
落叶催人老，人生亦有情。

1981 年 9 月 25 日

◎ 一九八四（二首）

赠 友 人

秋雨飘飘入夜凉，何须无绪暗神伤。
人生失意平常事，莫与天公话短长。

1984 年 8 月 13 日

重游齐齐哈尔

廿年弹指一挥间，苦辣酸甜别有天。
今日重来游故地，如何觅得旧容颜。

1984 年 9 月 11 日于齐齐哈尔龙华路

◎ 一九八六（一首）

戏墨斋戏笔

难得忙中偷一闲，闲时戏笔寸方间。
间来拾取诗书趣，趣展心宽事不难。

1986 年 3 月 19 日

◎ 一九八七（二首）

游镜泊湖观吊水楼瀑布

未睹壮观声势汹，遥知飞瀑啸幽丛。
临渊不羡游鱼乐，观瀑何悬世态浓。
虹架半峦常结系，珠藏满壑莫寻踪。
坐崖相念归无觉，铁马冰河风入松。

1987 年 7 月

偶　感

悠悠尘嚣路维艰，堪笑浮生几折旋。
可叹人情淡如水，枉为后世寄诗笺。

1987 年 10 月

◎ 一九八八（三十八首）

成都偶成

锦官城内雨如丝，元节迎春莫道迟。
玉露幽幽滴碧树，老藤寞寞绕空枝。
琴台故径裁佳句，绿野新桥觅小诗。
纵有空蒙凉似水，红梅千树已逢时。

1988 年 3 月 4 日

天净沙·成都郊游

青坪绿野黄花。竹林小院人家。曲径红梅映瓦。不须描画。蓉城雨细如麻。

1988 年 3 月 4 日

游都江堰

半峦白雪半青葱，绿水春江绕碧冲。
都堰江边寻故迹，离堆景里探遗风。
临台尚见江流小，登险方知山寺空。
恢拓禹功千载业，又逢盛世展新容。

1988 年 3 月 4 日

都江堰宝瓶口

劈断宝瓶口，都江内外流。
冰翁虽作古，灌溉续千秋。

1988 年 3 月 4 日

成都把酒

琴台故径酒家新，对酒相邀论古人。
渺渺香魂随世去，举杯不忘道文君。

1988 年 3 月 5 日

成渝途中

竹林掩映小园墙，喜见农家煮酒香。
蚕豆含苞呈淡紫，菜花迎客送新黄。
岭前块块田畦小，沟下条条流水长。
雨润如酥川蜀地，错将异地作家乡。

1988 年 3 月 7 日

途中写意

两岸青山秀，一江春水横。
天低不觉远，水阔任舟行。

1988 年 3 月 7 日成渝途中

游重庆长江索道

长江水浅碧峦重，俯瞰山城景半溶。
雾笼百年征战地，索拦千载咽喉冲。
舟横不发嫌江小，眼望难收怕雾浓。
回首归途知路远，渝州道上慢寻踪。

1988 年 3 月 8 日

长江暮色

夕照长江水色深，波光潋滟影摇金。
日藏水底跳如火，远望长天暮霭沉。

1988 年 3 月 11 日

七古·过三峡神女峰

巫峡奇峰数神女，神女多情化云雨。
朝迎青霞飞满天，暮立峰头伴孤旅。
远游巫峡不知归，遥望峰巅多寻觅。
多寻觅，多寻觅，今宵酒醒何处去？
待到高峡出平湖，但愿与君常相聚。

1988 年 3 月 11 日

水调歌头·长江泛舟

戊辰正月，泛舟长江。出三峡奔武昌，顿觉开阔。
值晚暮远望，感慨系之，填此。

三峡飞流去，满目大江收。清风伴我，遥望黄鹤舞新楼。暮霭沉沉霞蔚，日落西天如火，金漱逐归舟。不忍轻移步，携卷立船头。　　楚天阔，春江秀，水如秋。千年古事，凭据天险闹诸侯。曾教尸横遍野，更有英雄辈出，青史写风流。回首山衔远，浮梦已难留。

1988 年 3 月 12 日

浪淘沙·登黄鹤楼

　　健步上高楼，举目神游。气吞三楚扼江喉。历数风流多少事，千古悠悠。　　虚度几春秋，竟教白头。何时如约驾轻舟？往事依稀相去远，切莫停留。

1988 年 3 月 13 日

游武昌东湖

　　绿水半湖湖半黄，左湖平静右湖狂。
　　武昌城外车行疾，落驾山前春意扬。【注】
　　急急不嫌山色远，匆匆岂虑路途长。
　　买闲何日重相约，席地东湖品酒香。

1988 年 3 月 14 日

【注】落驾山：又名落袈山、罗家山，今名珞珈山。

卢沟桥感怀二首

其 一

卢沟景色半羞娇，昔日风烟已渺遥。
狮态幸存心不死，弹痕犹在气难消。
追思何惧风吹雨，放眼莫寻舟过桥。
漫数英雄今又出，却除旧貌度新朝。

其 二

卢沟桥上约相游，细数遗痕尚未休。
坐镇古城甘寂寞，卧看荒野耐清幽。
烽烟不见留空迹，弹洞难消鉴永秋。
回首何须泪遮眼，雄狮一啸慰同仇。

1988 年 3 月 18 日

春　雨

昨夜初逢雨叩窗，晓观曙色送微凉。
风吹柳线丝丝舞，露润新枝吐嫩黄。

1988 年 4 月 11 日

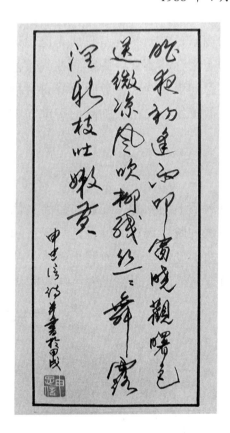

春夜逢雨

细雨因何夜叩扉，出门方觉正春归。
微微润柳枝犹动，点点馨香知为谁？

1988 年 4 月 12 日

晚 春 游

杨柳亭桥一径分，双虹南望气氤氲。
飞花五月骄阳日，只见春光不见云。

1988 年 5 月

感 春

北国天开日色新，杨花播雨柳摇银。
东君莫怨回归早，关外春光不待人。

1988 年 5 月 30 日

儿童节游园

欢声笑语满苍穹，"六一"游园意更浓。
老态不拘心似水，童心未泯步如风。
喜观慈母携乖女，乐慕少年扶老翁。
盛世又逢新辈日，秋千一蹴返顽童。

1988 年 6 月 1 日

假日　（此画入选 1982 年牡丹江版画作品展览）

天净沙·游园

青杨绿柳飞花。曲桥水榭流霞。笑语游人俊雅。小园如画。流连处忘归家。

1988 年 6 月 1 日

抗灾感赋

春来何故雨涟涟？道是戊辰龙治年。
云罩三天耕湿地，天晴一日种凉田。
救灾同力抢时节，抗涝齐心导细川。
不信老天能胜我，破除迷信唱新篇。

1988 年 6 月 2 日

八女投江塑像落成

八女雄风永世存，寒江碧血映忠魂。
英姿长在传千古，继往开来赖后昆。

1988 年 7 月 25 日

游镜泊即景

朝游沐清露，喜看野花荣。
水瘦银瀑窄，林幽黄鸟鸣。
天低云霭淡，雾薄远山青。
石黑防苔滑，嬉嬉也动情。

1988 年 8 月 6 日

山　行

朝离镜泊又匆匆，车不知途绕碧丛。
湖底观山清影丽，中天挂日汗滴浓。
老松拔地朝天去，新干凌空破宇穹。
黄瓣飘香铺沃野，绿波荡处一枝红。

1988 年 8 月 7 日

感　怀

鬓边白发悄然中，笑对画笺寻旧容。
可叹春光归去早，又逢红叶荡秋风。

1988 年 10 月 13 日

哈尔滨临江十二景题咏

其 一

江声日色影婆娑，金水松花汇碧波。【注】
夕照阁前寻往事，晨晖榭下唱新歌。

其 二

林溪花径送幽香，隔断风光柳似墙。
簇簇团团迎远雾，婆娑日影好乘凉。

其 三

水阁云天一望开，平池丽影为谁裁？
娟娟细柳垂青线，荡荡春风入梦来。

其 四

荷香蒲秀一清池，漫扯游人索小诗。
不怕夕阳归去早，东风过处又逢时。

【注】金水松花：指金水河、松花江。

其 五

亭桥杨柳对双虹，【注】绿野如烟月似弓。
回望无人谁指点，碧丝漫掠向东风。

其 六

山亭远眺小徘徊，碧水松江一练开。
瓦舍楼堂收眼底，茫茫绿意腻如苔。

其 七

塔峰云影密林中，极乐村前绿与红。
云淡翩翩增秀色，客途眷眷舞东风。

其 八

渔村野钓大桥西，百步廊前水正低。
柳下清风常慰我，金鳞一尾令君迷。

其 九

塔镇江天气贯虹，茫茫野水跃雄风。
回头方觉身为客，敛浪收波行色匆。

【注】双虹：指双虹桥。

其　十

松江晚照泛微光，霞裹金球水下藏。
鼓荡轻舟随兴去，绵绵细语两情长。

其十一

玉剪裁云卧大江，截开绿水荡天窗。
飞霞片片随波出，白鸟迎涛影作双。

其十二

雪岸琼林裹素装，雄姿坦荡野茫茫。
寒枝挂甲洁如玉，卧水堆冰也带香。

1988 年

◎ 一九八九（二十三首）

冬　雪

琼花玉树赖天工，装点三冬意不空。
沃野铺银飞凛冽，瘦枝挂素透玲珑。
薄纱漫舞遮红日，淡雾轻流掩碧穹。
不见阳春枝叶绿，梨花乘兴闹长风。

1989 年 1 月 26 日

念奴娇·元宵夜逢大雪

铺天盖地，又匆匆而过，戊辰昨岁。想是中秋云掩月，佳节元宵重会。【注】远望红灯，中天高挂，渺渺银河坠。绵绵飞絮，聚来狂舞如沸。　　怎觅月影跟随，把杯举盏，一叙胸中味。又想广寒宫阙里，寂寞与谁相对？何处追寻，儿时旧梦，历历难消退。便随它去，且邀飞雪同醉。

1989 年 2 月 20 日元宵夜

【注】想是中秋云掩月，佳节元宵重会：民间有谚"八月十五云遮月，正月十五雪打灯"，取其义也。

贺黑龙江省诗词协会
第二次会员大会召开

诗坛北国会精英，展望前程气若鲸。
汉魏风骚开广宇，宋唐遗韵唱新声。
龙吟一卷抒胸臆，华夏千篇报国情。
盛世又逢多丽句，承先启后树华旌。

1989 年 3 月 18 日

省诗词协会第二次会员大会感赋

龙江诗友会冰城，雅韵鸿声绕耳萦。
不是时逢新治化，骚坛何处叙诗情。

1989 年 3 月 20 日

醉桃源·省诗词协会
第二次会员大会即兴

休言三月早春寒。频频笑语喧。春风几许眼如烟。相
逢又历年。　轻击掌，慢拨弦。新词今又填。良辰应是
唱新莺。龙吟华夏篇。

1989 年 3 月 20 日

步郑犟先生韵

古树新枝应运生，诗坛今日又重兴。
薄宣铺地书寰宇，巨笔游龙震远庭。
咏和连江存厚谊，唱酬隔海壮深盟。
群英喜聚陶人醉，索句寻章颂太平。

1989 年 3 月 21 日

附郑犟先生《欣逢省诗协建立两周年赋呈全社诗友》

原诗：

古树新枝劫后生，沉沉诗苑转繁兴。
推敲叉手吟华夏，梦寐挥毫写塞庭。
丽岛兴浓联妙句，重洋谊厚结新盟。
扬鞭策马征程远，踏遍岖崎大道平。

寄 友 人

明丽清词意味真，细吟方悟韵如人。
何须常觅伤心句，放眼前途多自珍。

1989 年 3 月 21 日

品　鼾

参加黑龙江省诗词协会第二次会员大会，夜宿哈职工技术交流馆招待所，同室诗友鼾声如雷，似有竞相夺魁之势。致余不能入寐，展转坐卧，无可奈何。权寻谑词，戏为七律。即罢，天将明矣。

夜卧冰城未掌灯，翻来覆去品鼾声。
重轻急缓随相宜，远近高低各有情。
你唱我酬长短调，此兴彼落沉浮经。
通宵达旦无休止，直怕夜长更漏停。

1989 年 3 月 22 日凌晨

别 友 人

诗坛会友两三天，置腹推心笑语旋。
余兴正浓身又去，依依把手赠诗笺。

1989 年 3 月 22 日 黑龙江省
诗词协会第二次会员大会闭幕

偶 感

诗心何必寄忧伤，无故愁思也断肠。
索意长空音韵远，偶寻好句语犹香。

1989 年 3 月 23 日

寻 春

草木争春不误时，倾城杨柳绿如诗。
满街寻遍无他色，只见杏花三两枝。

1989 年 4 月 30 日

感 怀

半世光阴转瞬间，人生变幻几回旋。
翩翩年少经风雨，朗朗青春度苦关。
正气一身何惧谤，清风两袖不趋官。
远观自有新天地，热血盈腔凝笔端。

1989 年 5 月 31 日

牡丹江诗词协会成立

逢春老干又新枝，雅韵鸿声尽是诗。
咏和唱酬联袂舞，百花齐放各争时。

1989 年 6 月 7 日

贺《春蕾》诗社成立一周年

边城诗界树华旌，老韵新声别有情。
翰墨辞章抒广宇，大风唱罢气如鲸。

1989 年 6 月 7 日

西江月·夜阑珊

梦里依稀吟叹，醒时夜色阑珊。思来想去梦难圆。总有柔情不断。　不觉韶光流逝，应知忙里偷闲。风风雨雨作清谈。抛却浮华一片。

1989 年 6 月

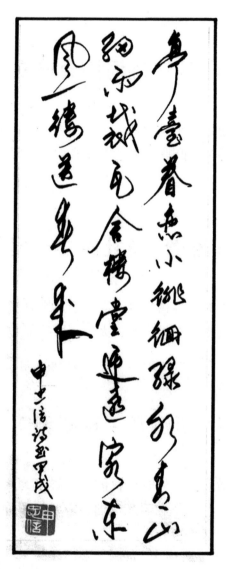

此作品入选 1990 年首届全国硬笔书法艺术作品展览

春　游

亭台眷恋小徘徊，绿水青山细雨裁。
瓦舍楼台迎远客，东风一缕送春来。

1989 年 7 月

游　春

碧玉妆成一径分，枝头摇落满亭春。
奈何不怕清霖冷，细数珍珠踏绿茵。

1989 年 7 月

游三道关

一路山花送远香，驱车三道觅风光。
巉岩跃跃呈奇态，绿水青松涛韵长。

1989 年 7 月 22 日

踏莎行·国庆感怀

荡玉摇金，流芳叠翠。迎来十月金秋会。倾城倾国庆佳辰，群情荡荡人如醉。　　多少风烟，几多真伪。新途步步迎霞瑞。直凭信念战邪谀，今朝赢得神州媚。

1989 年国庆节前夕

秋日登山偶成

农历九月甲午日，值国庆节，与玉清、子顺、士杰、国仲、璟琳、哲辉诸诗友登北山，以诗相会。登山远望，江山如画，秋意盎然，偶成一律。

秋凉九月觅新词，会友登高巧弄诗。
啸傲三山冲远雾，回环一域罩华姿。
青松不动连秋岭，黄叶轻摇恋旧枝。
含取路边一茎绿，问余何故不随时？

1989 年 10 月 1 日

秋　风

狂飙一阵扫阴霾，直上苍穹逐日开。
随处长风追落叶，误将秋色作尘埃。

1989 年 10 月 11 日

秋　叶

北方九月送秋声，黄叶飘飘无处停。
权向林荫寻一角，来春换取绿枝生。

1989 年 10 月 13 日

秋

夜雨初停又艳阳，碧空如洗照新装。
回眸满眼黄金叶，莫道秋光不带香。

1989 年 10 月 16 日

◎ 一九九〇（三十六首）

老友相聚

　　春节后，初四日，与学武、卷章、绍东诸老友聚。抚今思昔，感慨时光之荏苒，人事之变化，遂口占一绝。

　　春逢庚午喜相邀，小忆当年似未遥。
　　莫叹青春付流水，男儿有泪不轻抛。

1990 年 1 月 30 日

诗友聚会

　　立春之日会同俦，歌赋诗词唱不休。
　　老韵清音意不减，为寻佳句献新谋。

1990 年 2 月 4 日

无　题

　　诗心切莫丢风骨，丽句清词有也无。
　　唱罢大江千古事，长天一望展新途。

1990 年 2 月 12 日

感　事

人生何处不相逢，换取今朝对酒浓。
抛却身边烦恼事，红尘冷眼也从容。

1990 年 2 月 14 日

五古·春雪

暖雪随春降，寂寥不闻声。
飘然入尘埃，落地隐身形。
不惜化为泥，何虑浊与清。
红日不忍见，朦胧传春情。

1990 年 2 月 16 日

咏 文 竹

绰绰风姿纤细腰，既无媚态也无娇。
但留清瘦一身骨，与世无争品自高。

1990 年 2 月 19 日

吊　兰

无意争妖艳，矜矜不入尘。
何须裁秀色，愿作自由神。

1990 年 3 月 2 日

咏 吊 兰

银丝小瓣冷相侵，瘦叶斜条透素心。
独伴书香微点缀，馨香一片意沉沉。

1990 年 3 月 3 日

晚　雪

晚雪姗姗到，沾尘不自哀。
绵绵生暖意，径自探春来。

1990 年 3 月 6 日

浪淘沙·春日逢雪

　　暖雪不须风。也舞苍穹。江天遍洒俱朦胧。荡荡扬扬心不怨，落地无踪。　　万里意犹浓。行色匆匆。人间天上一般同。把酒相邀杯底句，欲语还停。

1990 年 3 月 7 日

咏盆景二首

其 一

　　山光水色入盆中，捧出娇娇烟雨浓。
　　胜却天工无矫饰，玲珑剔透意从容。

其 二

　　剔透玲珑巧手功，风光一派有无中。
　　有心借到三江水，千里扬帆唱大风。

1990 年 3 月 31 日

花卉盆景藏头诗

　　花开不应时，卉草百般姿。
　　盆内大千阔，景中留远思。

1990 年 4 月 1 日

龙江盆景协会成立藏头诗

龙腾穿莽岫，江孕一朝诗。

盆小容天地，景宽存四时。

协流追巧韵，会友对奇姿。

成也勤雕琢，立哉多润滋。

1990 年 4 月 1 日

盆　　景

小小泥盆育锦葩，欣逢甘露又生华。

江山满目从中出，艺苑频添北国花。

1990 年 4 月 1 日

长相思·盆景

山入盆。水入盆。草木山川气象新。送君点点春。

石也真。花也真。巧夺天工醉煞人。情真意也纯。

1990 年 4 月 1 日

春日逢雪

何故春来雪又飘，洋洋洒洒竞妖娆。
嫩枝远望消新意，老干微观赛玉雕。
扑面清香犹送暖，入泥情趣半含娇。
飞花也恋尘寰事，到处行人着素绡。

1990 年 4 月 14 日

与友人聚

何事人生意似琼，相逢把酒会诗朋。
举杯满座倾心曲，洒洒扬扬都是情。

1990 年 5 月 4 日

赴友人婚宴

欣逢双日喜犹多，几许情人渡鹊河。
贪饮一杯吉庆酒，宾朋满座乐如歌。

1990 年 5 月 20 日

细雨三日

绵绵细雨晚风斜，洒洒扬扬心似麻。
随意相添半杯酒，相邀一醉待朝霞。

1990 年 5 月 22 日

闻曹玉清先生吟《金缕曲》九章

《金缕》长吟四座惊，珠玑字字透心旌。
相知十位丹江子，独领骚坛一段情。

1990 年 5 月 27 日

附：1990 年端午，曹玉清先生赋《金缕曲》九章致贾福林、周哲辉、魏尧德、刘国仲、陶新初、朱景琳、石子顺、申忠信、刘士杰（此十人时称"镜泊十子"）。其中第八章为《致申忠信》：夏日蓝天淡。望白云、丝丝缕缕，层层片片。缓缓飘飘经浩邈，默默轻舒曼卷。浓絮涌、奇峰多变。忽悟君诗得此意，韵悠然、绚丽涵清澹。隐块垒，出微婉。　　人生世事浮云幻。任风吹、茫茫奔走，匆匆聚散。骤雨欲来苍狗乱，顷刻天昏地暗。风雨过、红霞烂漫。渺渺予怀思漫漫。眷眷情、谁了平生愿？唯宁静，致高远。

端　阳

端阳细雨若春时，芳草萋萋对柳丝。
捧取汨罗千载泪，一江清水一江诗。

1990 年 5 月 28 日

端午访友

　　曹玉清先生年迈，夫人公出未归，其一人独居。故端午晨以小粽相送。然吾去已迟，有人已先于我也。念此，吟之。

访友端阳小粽迟，言言语语尽含诗。
起身一别随心去，何故相知不共时？

1990 年 5 月 28 日

端　午

珍珠小雨闹端阳，水雾飘飘米粽香。
对酒高吟屈子赋，滔滔江水韵犹长。

1990 年 5 月 28 日

夜归遇雨

一阵惊雷夜雨开，风随归客入诗怀。
回眸贪恋长街景，拭袖轻扶小石台。
嫩柳漫摇风助舞，闲情尽洒雨浇苔。
何须长作旁观客，为剪新词踏浪来。

1990 年 6 月 4 日

游园赏雨

斜风瘦雨小园逢，孤岛蒙蒙水雾重。
贪恋一番烟雨色，扬扬洒洒尽从容。

1990 年 6 月 9 日

《镜泊风》诗词集编后暨牡丹江诗词协会成立一周年感赋

屈子当年赋若何，欣逢盛世酒当歌。
诗成一卷开新宇，词唱千年斩汨罗。
韵扫孤台洗荒泪，力擎巨帜助沧波。
回头再望来时路，今古诸贤铺垫多。

1990 年 6 月 18 日

《镜泊风》诗词集发行

一卷新词《镜泊风》，骚坛重振气如虹。
好花幸得多扶持，自古丹江诗韵浓。

1990 年 6 月 23 日

赠英林兄

久闻英林兄大名，无缘相会。初次见面，值贵体欠安。感叹之余，占七绝一首寄赠。恳祝英林兄早日康复，重振雄风。

不曾谋面久相知，初次逢君正病时。
放眼舒心除小恙，宏图再起展文思。

1990 年 6 月 23 日

长相思·贺牡丹江诗词协会成立一周年

情如丝。意如丝。又到端阳相聚时。频频互赠诗。
唱新词。祝新词。铁板铜琶韵若驰。骚坛竞秀姿。

1990 年 6 月 29 日

车过山村

牛卧河边路，风扬山后尘。
隔窗问浴子，赤体不羞人？

1990 年 7 月 6 日牡—哈途中

山中题咏

一车冲出掣如风，满目风光绿正浓。
迎面青岩盘古道，隔窗碧树隐顽童。
荒村寂寞无人顾，流水依稀难觅踪。
若得一身闲意趣，荷锄把酒作山翁。

1990 年 7 月 6 日

黑龙江省漫画会成立十周年
暨省第四届漫画展盛会

龙江漫友喜相逢，技艺交流兴正浓。
寥寥勾它三两笔，换来笑语满苍穹。

1990 年 7 月 8 日于哈尔滨

七古·念母

痛失老母悲欲绝，但恨阴阳不相接。
冬年寒节空相忆，春秋冷暖难尽责。
幼时不觉育儿苦，如今才知亲难隔。
若有来世重相守，再续孝心报母德。

1990 年 7 月 28 日

浪淘沙·亚运会在北京开幕

举国尽欢腾。云淡天青。江山装点乐盈盈。无限风光
迎远客，广结新朋。　　"亚运"喜相逢。圣火深盟。体
坛联袂汇精英。一展雄风开锦绩，情洒京城。

1990 年 9 月 19 日

初　雪

头场鹅毛雪，铺天盖地来。
翩翩身段巧，漫漫舞姿乖。
落地轻无语，凌空坦荡怀。
洁身可相许，何惧化尘埃。

1990 年 12 月 1 日

◎ 一九九一（十六首）

醉桃源·电视剧《渴望》人物谱
（十一首）

其一　刘慧芳

茫茫尘世竞沧桑。谁能论短长。好人偏被恶言伤。旁观也断肠。　　心荡荡，意泱泱。外柔涵内刚。阴差阳错费思量。是花久也香。

其二　王沪生

私心迷窍解脱难。怨天偏自烦。银河相隔不团圆。奈何晓梦残。　　当年事，如今烦。亲朋冷眼间。回眸无语泪空弹。相思年复年。

其三　刘大妈

一生辛苦有谁知。都为儿女思。酸甜苦辣各参差。何求尽好辞。　　是非曲，爱心支。操持几日时。绵绵母爱细如丝。美德无过斯。

其四　宋大成

巷谈街议道君憨。无私意境宽。有心犹作无心看。拳拳何处瞒。　　相思冷，旧情牵。岂只误婵娟。心中苦梦不堪圆。情丝断也连。

其五　徐月娟

热心快语性如斯。人情恨不知。无心常作有心时。空留一片痴。　　鸳枕冷，恋情迟。梦魂独自支。"从头"一句好台词。化为喜泪滋。

其六　王亚茹

冰心一片意涓涓。何须独倚栏。几经离乱总回环。无端错亲缘。　　春闺寂，泪珠寒。孤芳空自怜。满腔情愫似浮鸾。韶华转眼间。

其七　罗　冈

男儿毕竟也痴情。从来费品评。问心无语尚零丁。孤吟谁与听。　　思旧梦，恋陈盟。空杯怎再擎。终究未解女儿经。抉择难自凭。

其八　肖竹心

寸肠柔断欠思量。孤琴对夕阳。多情偏遇负心郎。他乡作故乡。　黄花瘦，路途长。依依别梦伤。看来还是女儿肠。翩翩意未央。

其九　田　莉

真心一片语犹香。友情自久长。为人专做嫁衣裳。奔波左右忙。　花娇好，意芬芳。不堪珠转黄。这般难得好姑娘。为何不见双？

其十　刘　燕

痴情银杏自非同。东风花正红。分明爱恨本从容。知音意更浓。　心无语，泪空蒙。春光带雨重。人生难得一相逢。往来又太匆。

其十一　王子涛

风云变幻倍摧残。晚年又未安。古今家事最难缠。悠悠空自悬。　逢盛世，盼团圆。怎熬晓梦寒。相知还是夫妻间。如今好为难。

1991 年元月

春　雪

早春二月雪花飘，化作甘霖细似毛。
愿以今生永相许，循环天地自逍遥。

1991 年 3 月 18 日

诗友相聚

龙凤酒家风貌新，引来四海五湖人。
举杯痛饮神仙酒，缕缕馨香满室春。

1991 年 3 月 21 日

与同学聚

人生难得一相逢，二十六年弹指中。
历数韶光寻白发，相邀一盏意浓浓。

1991 年 9 月

秋

花落花开各有时，轮流四季展芳姿。
秋光岂逊春光色，叶叶枝枝尽入诗。

1991 年 9 月

迎 新 年

又到迎新送旧时，升平歌舞唱新词。
你追我赶如潮涌，快马加鞭莫道迟。

1991 年 12 月 30 日

◎ 一九九二（八首）

雪

无香无艳无雕饰，任白任骄情亦深。
一片冰心无反顾，茫茫世界任浮沉。

1992 年 3 月

春 雪

六角凌花恋早春，翩翩相袭落凡尘。
托身无处谁持护，化作甘霖也自欣。

1992 年 3 月 15 日

满庭芳·师生聚会

岁月如梭，韶光飞逝，转眼廿七春秋。今宵重会，往事自难收。相对频频指点，银丝发、遮满额头。争询问，别来可好，回首尽风流。 悠悠。思往昔，窗前明月，书内吴钩。俱与年华去，慢道情柔。尚待登高望远，共举盏，煮酒相酬。乘豪兴，临风一曲，长啸展歌喉。

1992 年 4 月 11 日

月季花又开

老干新芽又一枝，亭亭托出赛胭脂。
含羞不吝娇柔色，缕缕馨香尽入诗。

1992 年 5 月 24 日

结婚纪念日感怀

结婚十九年纪念日，逢阴阳历相合，巧哉！

阴阳巧遇本天然，一十九年谈笑间。
回首匆匆坎坷路，纵然辛苦也心安。

1992 年 8 月

偶　　感

平生苦乐有谁知，满眼风光岁月驰。
看破红尘尽如此，半杯浊酒也吟诗。

1992 年 11 月 26 日

无　题

难慰平生志，堪称半老翁。
自知无愧事，天地在心中。

1992 年 11 月

贺石翁先生大笔挥毫

如椽巨笔似游龙，笑对沧桑敢夺雄。
一气呵成书大字，卅年磨炼蕴奇功。
天涯激荡播芳草，海内奔波壮宇穹。
诚望翁君偿夙愿，早收弟子续门风。

1992 年 12 月 29 日

◎ 一九九三（十首）

述怀二首

其 一

岁岁年年柳色新，临窗提笔意纷纷。
常因无绪难寻句，每遇贪杯空洗尘。
冷暖兴衰非自虑，古今天道也酬勤。
研来陈墨试新纸，挥洒自如情亦真。

其 二

冷暖人情可自持，青杨绿柳各应时。
花开便有蝶蜂舞，马老难逢君子知。
对酒都挥慷慨泪，出言也必激昂诗。
奈何不做逢迎事，竟惹人人道我痴。

1993 年 4 月 30 日

读士杰兄《雀燕情》二首原玉奉和

其 一

蛮荒起始赖扶持，正道沧桑互惠施。

亘古生灵存友爱，世间万物也相知。

莺啼碧血诚相守，雀哺燕雏堪为奇。

禽鸟犹通冷暖事，高天展翼寄情丝。

其 二

寒来暑往不违时，父子相残亦有之。

自古重情奉礼尚，历来无义笑"顽痴"。

喜逢雀燕标新榜，且引众生知反思。

留住人间真善美，红尘滚滚自无私。

1993 年 5 月 8 日

附：刘士杰先生《雀燕情》原诗：

荧屏报道，一巢雏燕的双亲惨死于毒蛇之口，有一只麻雀担起了这巢雏燕的哺育义务。因赋二律：

只缘黄口待扶持，欣把慈怀化惠施。异种牵魂缘博爱，旁门扫雪是良知。桃僵李代寻常有，雀作燕娘亘古奇。待到高天腾紫翼，檐边驰望泪如丝。

尧天禹地靖明时，物感精华始效之。彼雀尚存兼爱意，吾人敢染苟安痴？荧屏趣事堪深省，毛羽高风耐反思。安得苍生共凉热，大千世界乐无私。

途中口占

十里平畴草色齐，黄牛懒懒牧童嬉。
忽来一阵倾盆雨，浇得游人半自迷。

1993 年 6 月 9 日

途中小景

北国夏初才插秧，雨中仍见各家忙。
湿来脊背浑无觉，盼到秋收尝米香。

1993 年 6 月 9 日

山中遇雨

山雨匆匆扑面来，葱茏满目化尘埃。
一轮红日忽然出，急问此情谁剪裁？

1993 年 6 月 9 日

雨洒中秋

中秋不见月，只有雨潇潇。
遥问他乡客，蟾宫可耐寒？

1993 年 9 月 30 日

重阳节逢大雪

雪过重阳天未寒，无边泥泞水斑斑。
路旁压断垂杨柳，白绿参差也盎然。

1993 年 10 月 23 日重阳节

晨　雪

大雪纷纷今又逢，铺天盖地舞苍龙。
出门看得心头醉，踏碎梨花千万重。

1993 年 10 月 30 日

◎ 一九九四（十首）

盆栽石榴逢冬日开花

石榴迎雪晚开花，竞闹枝头红似霞。
只愿人间春意久，不图虚誉不图夸。

1994 年元旦

与子顺兄小酌

五月二十四日，访诗友石子顺先生。至天晚置酒小酌，边饮边叙，谈词吟曲，浅吟低唱，无拘无束。直至天明，意犹未尽。归来凑成七律一首以记之。

访友偷闲共举觞，谈词吟曲半痴狂。
嫩鸡一只添佳味，老酒三寻满颊香。
歌到情深溢豪兴，诗逢韵远巧思量。
休言知己千杯少，偏恨匆匆夜不长。

1994 年 5 月 24 日

附：石子顺先生和诗《和申忠信吟长"与子顺兄小酌"原玉》：
径扫蓬开小举觞，吟歌击节慰诗狂。半杯冷酌难称美，一盏清茶敢道香。无碍胸襟同月旦，忘怀神韵共思量。同心华发春风友，不觉三更夜露长。

李韧老师周年祭

谁言人逝万般空，每念先生泪雨蒙。
报国痴情堪作表，艰辛磨难自从容。
育人卌载栋梁广，律己一身君子风。
昨岁别时成永恨，为何此去太匆匆。

1994 年 6 月

怀李韧老师

　　去年五月中旬，余去医院看望李韧老师，见其精神尚好，曾畅谈近一小时。不想这次见面竟成永诀。六月十一日，李老师病逝，其时余正在北戴河。归来后方得此噩耗，悲痛不已，曾写一小文，以寄怀念之情。

又逢六月柳飞花，诀别经年相距遐。
隐约倾心论今古，依稀促膝对云霞。
伤时月下无心绪，遗恨灯前涂乱鸦。
空念师生同聚处，几番梦里泪横斜。

1994 年 6 月

咏　扇

一身瘦骨自嶙峋，闲置屉间蒙厚尘。
时至人人擎在手，和风缕缕送清新。

1994 年 8 月

送吾儿有弢之吉林大学求学

求学长春路不遥，心间牵挂也难消。
晨研勿忘衣衫暖，夜习应知肚腹娇。
枕底文章藏旧事，书中家国谱新谣。
精心课业勤磨砺，乐对人生品自高。

1994 年 8 月 24 日

生日戏作

正当四七也中年，事事仍然敢占先。
何故自称翁半老，惹来儿女笑余癫。

1994 年 8 月 27 日

寄长春遥贺弢儿生日

冬月初临菊正香，他乡不必恋家乡。
生辰有友可同乐，学海无涯巧酌量。
勿忘慎行德为本，当知报国技应长。
随时冷暖多珍重，千里遥遥祝尔康。

1994 年 11 月 29 日

胞兄忠元六十大寿

六十寿辰欢喜多，阖家共庆乐如歌。
举杯同饮一壶酒，寿比南山福似河。

1994 年 12 月 20 日

贺胞兄忠元六十大寿

花甲初逢喜气浓，胞亲齐贺寿星公。
举杯畅饮天伦乐，停箸笑谈时日匆。
张网山溪戏春水，荷锄野岭唱秋风。
人生岂可轻言老，白发仍能挽硬弓。

1994 年 12 月 20 日

◎ 一九九五（四首）

临近春节，诗友小聚

新朋老友喜相逢，佳节又临春意浓。
有约何须常备酒，丹江共饮一"咕咚"。【注】

1995 年 1 月 23 日

临江仙·抽闲寄语

昨夜酒浓晨醒晚，踏开薄雪轻寒。晴空万里艳阳天。
时光不可待，忙里去抽闲。

春雨冬云时各有，往来应季回环。倏然一过不知年。
何须理白发，寄语向天边。

1995 年 2 月

【注】咕咚：矿泉水名。

牡丹江市人大八届四次会议召开

乙亥新临又一春，群贤聚首意欣欣。
频频共议兴城策，改革争先惠万民。

1995 年 2 月 14 日

颂士杰兄七律《林雀》原玉奉和

日出东山乘兴讴，何须羡慕小王侯。
唱酬互诉倾心曲，来往相随伴众俦。
无悔林中尝苦乐，自由国里度春秋。
偶然悟得此间趣，岂虑人间周不周。

1995 年 5 月 10 日

附刘士杰先生《林雀》原诗：

百啭千啾随兴讴，林中自在小王侯。
为添颜色增新羽，了逐孤单结众俦。
无意缘枝分上下，岂须因品论春秋。
情知同是匆匆客，何计赵钱孙李周。

◎ 一九九六（十八首）

感　事

一年一度赏春光，各有喜忧胸内藏。
渭水单钩待贤圣，茅庐三顾起华梁。
世间伯乐思良骏，天下机缘似薄霜。
莫叹英雄身后事，清风亮节自安康。

1996 年 4 月 9 日

听　雨

入夜听春雨，临窗未觉凉。
柔柔生暖意，淡淡溢馨香。

1996 年 4 月

青年节感怀

"五四"来临暖意薰，自知岁月不饶人。
前程展望机缘少，往事追思感慨纷。
每遇小人拒为伍，巧逢良友喜迎门。
若能祈得世风正，何虑银丝添几根。

1996 年 5 月 4 日

麻　雀

体不出奇貌不惊，捉虫无悔不图名。
天寒天暖自凭力，人语人言任品评。
冷眼鹦哥谄媚曲，甘尝世态漠然情。
虽然难比飞鸿志，也向人间唱几声。

1996 年 5 月 5 日

电视剧《宰相刘罗锅》人物谱

其一　刘　墉

横溢才华背似弓，偶承天意入朝中。
贬扬得失随缘去，曲直是非难苟同。
勤政忠言遭冷眼，为民请命逐荒鸿。
不弯不折一良相，未获当朝半点功。

其二　乾　隆

为官自古盼明君，历代明君有几人？
喜怒无常冤狱起，忠奸不辨满朝昏。
贪安总恋宫闱事，误国多因重弄臣。
自恃才高诩明主，却留笑柄乱纷纷。

其三　和　珅

狗苟蝇营得极权,君前君后尽妖言。
溜须有术足贪欲,拍马精通伴驾欢。
误国误民乱社稷,谗言谗语害忠贤。
生来一个奴才相,弄得君王不值钱。

其四　六　王

朝中久历计谋多,作傻装聋奈我何?
事到关天人命处,狂澜挽罢念弥陀。

其五　刘夫人

出身本为帝王亲,也是刚柔并济人。
不惧强权何惧死,高官厚禄视如尘。

其六　道　济

初入空门本为钱,不知弄假变真缘。
只因才溢一番话,棒打鸳鸯两地牵。

1996 年 5 月 11 日

电视剧《宰相刘罗锅》观后

其 一

古来能有几明君，难坏忠奸两样臣。
放胆直言杀身祸，阿谀谄媚得君亲。
佞臣终落千年臭，贤者当赢万古存。
借得前朝身后事，莫留祸患乱乾坤。

其 二

朝内为官谁沐恩，岂凭文治武功勋。
昏君无辨疏良相，"明主"也偏亲弄臣。
逆耳忠言难顺耳，小人谗语扰庸人。
到头善恶终须报，莫步前朝身后尘。

1996 年 5 月

病中偶成

人情冷暖淡如水，世态温凉各自知。
小子趋炎古来有，庸徒附势也当时。
好花何必众人赏，骏马焉容劣驽骑。
悟透红尘修正道，西风漫卷且由之。

1996 年 5 月 17 日

偶　　得

人生不尽意时多，何必精心费琢磨。
得失难牵君子意，抚琴放眼唱新歌。

1996 年 5 月

杏　　花

孤芳须自赏，何必步轻尘。
留待春归后，随人细细甄。

1996 年 5 月 20 日

长相思·迎中秋联欢会

度金秋，庆金秋。喜气盈盈话不休，频频歌展喉。
喜悠悠，乐悠悠。各界齐心共运筹，争先敢带头。

1996 年 9 月 25 日

咏　菊

临风沐雨绕篱开，不与繁花空对怀。
何必堂前寻一角，秋光相伴冷香来。

1996 年 10 月 19 日重阳前日

重阳咏菊

重阳过后百花凋，惟有菊丝篱畔娇。
不为标新立异趣，甘凭风骨战狂飙。

1996 年 10 月 20 日

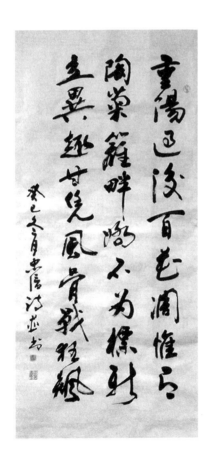

◎ 一九九七（三首）

悼邓小平同志

距香港回归仅百余日，惊悉小平同志溘然长逝，终成憾事。

一生戎马亦匆匆，起落三番唱大风。
最恨老天未开眼，回归百日不相容。

1997 年 2 月

送侄儿有志赴新西兰

漂洋过海作新游，家国回头一望收。
记取他乡明月事，归来举盏放歌喉。

1997 年 5 月 22 日

生日偶书

天命之年命未知，蓦然回首过春时。
凡夫怎晓幻虚事，只待悠闲作小诗。

1997 年 8 月

◎ 一九九八（三首）

虎年咏虎

戊年又值虎当权，叱咤风云一啸间。
退隐山林嫌地窄，贪求峭壁恋天宽。
举头常作雄心舞，冷眼毋同鼠辈缠。
人若有情应结好，风骚敢领唱尘寰。

1998 年 1 月

偶见花开叶下二首

其 一

何故花开叶下藏，幽幽满室溢馨香。
不须故作娇羞态，与尔隔窗迎曙光。

其 二

一瓣初开暗送香，含羞带露不轻狂。
只因常恋人间事，愿把红妆作嫁妆。

1998 年 3 月

◎ 一九九九（二首）

金橘冬日花开

因何金橘不随时，冬日花开挂满枝。
添得一堂香气袅，伴余夜读到晨曦。

1999 年元月

夜雨蛙鸣

夜雨丝丝蛙又鸣，细听忽觉似叮咛。
萦萦不解其中意，试向池边问几声。

1999 年夏

◎ 二〇〇〇（九首）

登牡丹峰

炎炎夏日也登山，何惧频频汗雨涟。
拾级应知八百磴，抬头可看九重天。
林间回首寻啼鸟，岩下移身探凛泉。
俯取淙淙三捧水，仰天一啸赛神仙。

2000 年 6 月 22 日

又到杭州

一路匆匆望六和，钱江映日荡金波。
奈何未得当年趣，独对西湖看晚荷。

2000 年 8 月 31 日

杭州一日

急急六和塔，匆匆灵鹫峰。
西湖遇烟雨，东岳看新晴。

2000 年 8 月 31 日

杭州郊外

满目青山满目楼，杭州城外稻花稠。
回身都是飘香地，且看农家喜气悠。

2000 年 9 月 5 日

登杭州北高峰

也慕北高峰，今朝步履匆。
盘旋十八转，上下百千重。
新刻石碑在，老枝秋鸟哝。
依栏极目望，何奈雾蒙蒙。

2000 年 9 月 4 日

千 丈 岩

高崖悬白练，落地水如珠。
映日霓虹在，神仙似有无。

2000 年 9 月 5 日

游普陀山

普陀一望耐奔波，哪顾神山景色多。
但得能瞻三寺面，满腔心愿寄佛陀。【注】

2000 年 9 月 6 日

【注】三寺：普陀山三大名寺为普济寺、法雨寺、慧济寺。

黄山夜宿

夜宿黄山下，卧听泉水声。
出门探风雨，举目数繁星。
对面大山逼，身边小屋腾。
欲邀众仙舞，未在最高层。

2000 年 9 月 10 日

浪淘沙·重游黄浦滩

——步《黄浦江偶成》原韵

1972 年 7 月 27 日余初游黄浦滩曾填《浪淘沙·黄浦江偶成》一词。此次虽匆匆一过，然所慰者，有杨有祥兄相陪，甚为感激。

黄浦又逢缘，急急凭栏。何须再弄几多帆。流水应知何处去，不必心烦。　莫道觅翔鸾，人事番番。如今休说酒犹酣。二十八年抬眼过，俱换新颜。

2000 年 9 月 20 日

◎ 二〇〇一（四首）

偶　　题

人过中年感慨多，时光总觉易蹉跎。
闲来常忆旧风雨，浅唱低吟俱是歌。

2001 年 1 月 26 日

读呈文兄七律《咏白菜》原玉奉和

人道菜王尤为鲜，闲来细品共推研。
奇思可献芙蓉蕊，巧手能成翡翠筵。
农户园中情不改，大师笔下意难偏。
生来相抱千层紧，何必管它钱不钱。

2001 年 11 月 27 日

附：张呈文先生原诗七律《咏白菜》

百菜何如白菜鲜，好同儿女细推研。
诸般营养滋元气，多样烹调荐玉筵。
春夏秋冬随享用，张王李赵不私偏。
莫言身价多微贱，微贱常常更值钱。

感怀二首

按政策，余提前退养。昨日有李明显等好友相送，感慨之余，吟七律二首以记之。

其 一

未临花甲退田园，非是老夫偷静闲。
归去恰逢机遇好，别时才觉寸心酸。
衷肠互叙千杯少，好友相邀万语难。
情笃何须常备酒，谢君送我抱书还。

其 二

虚度天年心自安，如今退养赋清闲。
归家偏觉人非老，临案仍知笔未干。
有友何须终日醉，无私亦可止心烦。
明朝另有新天地，酒醒拥书陪圣贤。

2001 年 12 月 30 日

◎ 二○○二 （四首）

清晨雨中游南湖【注】

半湖春水半湖冰，细雨纷纷晓雾腾。
携手来寻芳草地，斑斑绿意一层层。

2002 年 4 月 6 日

送有弢杨敏婚后返美

良缘佳偶赛天成，比翼齐飞山海盟。
举酒他乡共明月，天涯咫尺故园情。

2002 年 6 月 6 日

初　雪

大雪铺天地，青枝未卸妆。
明晨风又起，到处泻芬芳。

2002 年 10 月 21 日

【注】此南湖系牡丹江南湖公园之南湖。下同。

早　雪

大雪匆匆叶未黄，老天何故乱纲常。
虽然白绿风光好，毕竟青枝尚带香。
莫念繁花能待客，当知流水也敷伤。
春风细雨明朝至，可把他乡作故乡。

2002 年 10 月 22 日

◎ 二〇〇三（二首）

南湖杏园见风扫杏花如雨

牡丹江南湖公园中，湖侧有杏林一片，内有甬路。春，杏花盛开，游之颇雅。故称杏园。

一阵东风舞杏花，落英处处自横斜。
若能留得春常在，夜宿南湖不恋家。

2003 年 5 月 2 日

结婚三十周年感怀并赠妻徐文禾五韵

三十年来弹指间，相濡以沫度华年。
曾经风雨同携手，也遇艰难展笑颜。
为学何辞万千苦，天伦共享两心牵。
闲时偶忆身边事，忙后常偷笔下闲。
回首当知无愧悔，晚年亦可著新篇。

2003 年 7 月

◎ 二〇〇四（五首）

雨中偕妻游南湖杏园二首

其 一

雨中相约踏春游，到处杏花盈目收。
疑是东君作呼唤，原来喜鹊亮歌喉。

其 二

烟雨南湖赏杏花，含苞欲放色如霞。
择期相约重来会，细数蕊丝涂乱鸦。

2004 年 5 月 2 日

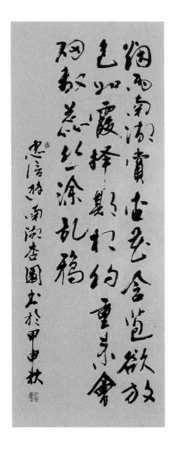
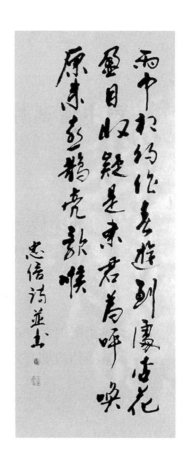

蒲公英花开

春色回归早，黄花雨后香。
四时不可违，应惜好时光。

2004 年 5 月 26 日

异域垂钓

一竿一线两银钩，坐待鱼儿来自投。
注目竿头倏然动，双鲈衔饵跳难休。

2004 年 8 月 7 日于卡莱尔湖畔

卡莱尔湖坝下垂钓

卡莱尔湖（Carlyle Lake）位于美国伊利诺伊州，其坝下即卡斯卡斯基亚河（Kaskaskia River）。这里的鱼有好多种，但人们大多愿钓鲈鱼。此处垂钓，一竿多拴两钩。有时一次提竿，同时钓上两条鱼来。岸边林间草地设有烧烤处，备有烤炉、长桌、长凳，附近有洗手间、垃圾箱等。唯炭火、吃食自带。钓上鱼后，有专门打扫鱼处。鱼鳞、鱼内脏等直接被冲入下水道，然后把鱼肉拿来烧烤，鲜美至极。

平湖坝下水湍湍，周末阖家垂钓竿。
无意双钩鱼篓满，岸边烧烤共尝鲜。

2004 年 9 月 4 日于卡莱尔湖畔

◎ 二〇〇五（二首）

南湖遇雨二首

其 一

丝丝细雨落南湖，跳动音符似有无。
有意听来天际语，与君一唱到天都。

其 二

南湖小雨跳珍珠，渺渺清音入耳无。
借得岸边芳草地，明晨相约画新图。

2005 年 5 月

◎ 二〇〇七（一首）

冬　至

冬至风吹雨，原来是异乡。
当知同一理，明日渐天凉。

2007 年 12 月 22 日于休斯敦

◎ 二〇〇八（一首）

端午感怀

端午思屈子，抽闲临大荒。
千年留古韵，百代叹兴亡。
米粽藏悠远，龙舟竞短长。
难寻激情句，空捻艾芽香。

2008 年 6 月 5 日端午前

◎ 二○○九（二首）

无　题

又见杏花舞，明朝何处寻。
但留新雨后，为我洗凡心。

2009 年 5 月

牡丹江市诗词协会
成立二十周年庆典即兴

江城逢喜事，把酒聚群贤。
齐颂三千首，争吟二十年。
丹心歌盛世，赤胆写尘寰。
今日重相约，新声唱九天。

2009 年 10 月 20 日

◎ 二〇一〇 （三首）

夏日无雨见白云滚滚而过

白云朵朵驾长风，滚滚南来震耳聋。
道是虚云不行雨，匆匆而过一场空。

2010 年 8 月于休斯敦

重　阳

九九又重阳，黄花别样香。
登高知路远，放眼望家乡。

2010 年 10 月 16 日于休斯敦

迎 日 出

朝迎日出展红霞，为我身披金彩纱。
细数人间多少事，大千世界孕芳华。

2010 年 12 月 1 日于休斯敦

◎ 二〇一七（六首）

游江西莲花荷塘

细雨过荷塘，荷花别样香。
珍珠跳青叶，忙煞小儿郎。

2017 年 7 月 4 日 江西莲花

荷塘遇雨

十里荷塘一望间，偏逢细雨若云烟。
置身此处方知晓，莲叶翩翩碧接天。

2017 年 7 月 4 日 江西莲花

古绝·蓬莱

蓬莱有仙山，仙山有八仙。
一朝过海去，不知何日还。

2017 年 7 月 26 日 山东蓬莱

过镜泊湖葫芦崴子

湖光潋滟荡轻舟，偶有青鳞跃不休。
不是相邀迎远客，莫非伴我作秋游？

2017 年 9 月 24 日
镜泊乡湖西村葫芦崴子

中秋节与国庆节仅隔两天

又逢落叶满街中，今岁往秋不尽同。
双节连环依序过，缤纷焰火染长空。

2017 年 10 月 4 日

大 丽 花

大丽花开不惧寒，中秋临近色犹鲜。
莫非约得月中客，把手与君舞大千。

2017 年 10 月 4 日 中秋节

◎ 二〇一八（五首）

冬日室内赏花

小小窗台一尺宽，几盆花草竞争妍。
纵然室外风吹雪，只把满堂春色看。

2018 年 1 月 30 日

铁兰开花

气指苍天叶若丝，张开红掌赛花姿。
小花不与争颜色，相傍相依相护持。

2018 年 3 月 5 日

又逢春雪

何故春来雪又飘，长天漫舞竞妖娆。
明朝化作涓涓水，愿为青杨润碧条。

2018 年 3 月 15 日晨

黑瞎子岛江畔界碑处驻足

茫茫看大江，天水两茫茫。
难与前人语，伴君疗旧伤。

2018 年 4 月 29 日
于黑瞎子岛黑龙江畔界碑处

游崂山戏为六言

美景不须雕琢，一瞥都是真容。
快门随便轻按，恰似身在其中。

2018 年 9 月 15 日

◎ 二〇二〇（二首）

偕妻游亚布力好汉泊水库

栈道依山走，湖光映日红。
夕阳不觉晚，携手踏秋风。

2020 年 9 月 12 日

亚布力好汉泊偶成

好汉泊中水，因山长且清。
波平山影绿，风静水禽鸣。
曲径不嫌远，轻舟傍岸停。
喜逢夕阳美，凑趣送新晴。

2020 年 9 月 12 日

◎ 二〇二一（一首）

朱 顶 红

擎天一柱并肩开，想是天公随意裁。
留得人间颜色好，年年如约为君来。

2021 年 3 月 8 日

◎ 二〇二二（四首）

江城子·柳絮

杏花离去柳花浓。借东风。击长空。飘飘荡荡，相约几时逢。只愿四方晴正好，莫遇上，雨蒙蒙。

2022 年 5 月 18 日

江城子·端午后遇雨

端阳才过雨潺潺。仃江边，忆先贤。珍珠若撒，点点落沙滩。回首如闻风击水，追往事，似云烟。

2022 年 6 月 5 日

三岛湖水上长廊漫步

长廊卧水影粼粼，回望湖前景愈新。只为才从那边过，原来也是画中人。

2022 年 6 月 20 日

江城子·夜宿镜泊山庄遇雨

夜来听雨镜湖边。见窗前，水如帘。欲观四野，无法辨青峦。只有滂沱声贯耳，又好似，历千年。

2022 年 6 月 22 日夜
于镜泊湖山庄酒店

楹 联 选

拙书下酒
常语入诗
　　　　——自娱自律联

酒香冲天蟠桃会上常入宴
醇味袭海龙子席前自夺魁
　　　　——1985 年 5 月 29 日赞酒联

美酒何必多饮一滴沾唇香满颊
佳酿应须少酌半盏落肚便成仙
　　　　——1985 年 5 月 29 日品酒联

国强民富千秋业
人寿年丰百姓家
　　　　——1987 年 1 月为牡丹江日报迎新春征联撰

一夜连双岁岁岁添新彩
五更分二年年年壮神州
　　　　——1987 年 1 月为牡丹江日报迎新春征联撰

迎新春庆新春欢度新春佳节

想四化干四化齐奔四化前程

——1987 年 1 月为牡丹江日报迎新春征联撰

遇盛世开张赢利

迎嘉宾展艺进财

——1988 年 2 月 13 日

玉兔辞旧岁矜夸宝筵佳馔

金龙庆新春巧献御宴珍馐

——1988 年春节

龙逢盛世笑谈玉兔三百万

江跃神州喜论佳辰再翻番

——1988 年 2 月 13 日为某企业撰

四十载征途从无到有

万千人事业继往开来

——贺某企业厂庆四十周年

1988 年 3 月 30 日

诗词歌赋争吟千秋绝唱

翰墨琴书竞颂万古华章

——贺黑龙江省诗词协会

第二次会员大会召开

1989 年 3 月 18 日

乙烯膜独占企业生财地
塑料厂巧开农家致富门
　　　　——为塑料厂撰联

来地明必遇来钱树
聚乙烯堪称聚宝盆
　　　　——为某塑料厂撰联

上乘产品名播四海以信誉结交全球用户
广阔前途声震五洲凭质量导引世界潮流
　　　　——为某企业撰联

七十年风雨披荆斩棘镰刀锤子成大纛
五千万栋梁继往开来热血赤心壮神州
　　　　——1991年庆祝建党七十周年

如春蚕无怨无忧为人类幸福自始至终耗完
生命丝不断
像红烛发光发热添世间光明从头到底燃尽
身躯泪方干
　　　　——1991年教师节撰联

四十二年同忧同乐金瓯永固
百千万众合力合心伟业长存
　　　　——1991年国庆节撰联

战天斗地回头汹涌成往事铮铮业绩松间韵

送旧迎新阔步昂扬奔未来朗朗乾坤笔底风

——1991 年 12 月

四人对坐举羊肋左看右看何处下口

一碗独尊擎铝勺先尝后尝这般喝汤

——1992 年 1 月 16 日戏联

十子会友须当醉杯杯见底丝丝暖

千里迎君未了缘步步为诗字字情

——1992 年 11 月与集贤赵仞千

诗友聚饮联

有友即为席推杯换盏意不在酒

无诗不成宴斟句酌词情满其盅

——1997 年夏

金牛奋起犁出神州芳草地

旭日升腾映红祖国锦江山

【注】一九九七年牡丹江诗词协会春节联欢会上，以此联之出句
征求下联，诗友争相续对。以下是部分诗友所续下联：

火凤回归传来香港大风歌 （曹玉清对）

紫燕翻飞舞澈赤县杏花天 （石子顺对）

锦袖轻舒舞来镜泊艳阳天 （刘士杰对）

银燕齐飞装点赤县艳阳天 （刘国仲对）

铁笔疾书挥就四海升平歌 （鲁宇君对）

银龙踏步迈向乾坤广阔天 （刘冬辉对）

紫燕翻飞迎来赤县碧云天（王治普、付伯庚、付军凯对）
　　　——1997 年新春

颂廉刺贪抒胸中正气
惩恶扬善现笔底雄风
　　　　——1998 年

玉马送春喜看辉煌留青史
金羊献瑞笑迎锦绣铸春秋
　　　　——2003 年春节

三春送暖春益暖
五福临门福盈门
　　　　——2006 年 1 月 7 日

千溪万壑十里八弯归大海
两岸三通九州一统展宏图
　　　　——2006 年 1 月 7 日

海峡牵手花团锦簇抒民运
神舟腾空气象万千壮国威
　　　　——2006 年 1 月 7 日

举发展旗，打信誉牌，同心协力兴大业
开创新路，唱和谐曲，快马加鞭奔小康
　　　　——2007 年春节为某企业撰

玉犬唱归,发展渠道通四海

金猪献瑞,创新名牌壮乾坤

————2007 年春节为某企业撰

江畔生财地

大湾致富村

————2007 年

截断千丝满地洒

投来一石向天飞

————2007 年命题联《柳荫·鸟》

卷舒映碧难行雨

展转腾飞可击天

————2007 年命题联《翠云·鹰飞》

几番风景藏蛟地

一片清波映碧山

————2007 年命题联《翠龙庄·镜泊湖》

星空集

群星眨着惊奇的眼睛
偷窥着世上的秘密

——摘自《五月之夜》

星　　空

夏日的夜晚，
我常常仰望星空。
一颗，一颗，又一颗……
我用心去数
数着那缥缈的星星。

星星一眨一眨，
好像故意向我卖弄。
其实，她不说我也知道，
每一颗星都有一个故事，
每一颗星都是一个人生。

远方的爱情

月儿升起在
　　东边的天空
笛声叙述着
　　北京的爱情
心儿早已飞向
　　远方
把幸福的感情
　　传送

1972 年 7 月 23 日于北京

五月之夜

群星眨着惊奇的眼睛，
　　偷窥着世上的秘密。

微风轻抚着柳叶，
　　犹如情人的低语。

是谁撩起那汩汩的流水，
　　激起我们心中的春意？

呵，迷人的五月之夜啊，
　　你给我们增添了青春的记忆。

1973 年 6 月 29 日

写给刚刚满月的女儿

月光朦胧，
我好像看到了女儿萌萌。
她正躺在妈妈的怀里，
甜蜜的笑脸好像在祝福着
　　爸爸的行程。

鲜花盛开的季节哟，
到处充满了花香。
千里之外哟，
什么也挡不住我的眼睛。
不管走到哪里，
我都能看到你的笑脸，
　　同时又听到你的笑声。

　　　　　　1974 年 6 月 5 日夜于北京

怀念您，敬爱的周总理

——纪念周总理八十一岁诞辰

春风吹得百花吐艳，
阳光带来明媚的春天。
祖国跨上了新的征途，
千军万马如浪涛翻卷。
在这欢乐幸福的时刻，
啊，请允许，
请允许我倾诉
　　心中的怀念。

一百年，
在人类历史的长河中
显得多么短暂。
革命者珍惜那
一分一秒的时间。
八十一年前的三月五日，
一个伟大的生命
在中华民族的土地上诞生，
自那时起，

七十八年的生命
放射出异彩的光焰。
啊，拿起我笨拙的笔，
不须写上您的名字，
人们也会知道我歌唱的是谁，
因为，
周恩来
——这光辉的名字啊，
早已与亿万人民的心
紧紧相连。

本来，
你伟大诞辰的日子
应是一个快乐的纪念。
可是，此刻呵，
谁不是喜泪里
又带着层层的怀念。

啊，你静静地离开了我们，
——在那个凄风苦雨的时间。
最最洁白的雪花呵，
也难和你那圣洁的灵魂相比；
高高山上的松柏呵，
哪及得上你高尚情操的一半；
世上最好的歌手呵，

也难找到歌唱你的最贴切的语言。
因为，
最美好的语言
也难以描绘
你给予人类的贡献！
在我们党的每一个关键时刻，
你都站在斗争的最前沿。
像群星绕着太阳旋转，
你总是紧紧地站在毛主席身边。
像哨兵一样，
保卫着毛主席，
捍卫着毛主席的革命路线。
无论是云封雾锁的重庆，
还是那布满密探的梅园，
你犀利的目光，
犹如闪光的利剑，
使敌人闻风丧胆。
战斗的硝烟
摧不垮你钢铁般的意志；
莫斯科的冰雪
更映出你步伐的矫健。

啊，你静静地离开了我们，
——在那个凄风苦雨的时间。
可你的身影，

却留在我们眼前。
我们仿佛看见
你登上高高的钻塔，
与大庆工人一起
瞻望着祖国的明天。
擦一把泪水模糊的双眼，
啊，又仿佛看见
你登上了大寨的梯田，
同大寨人倾心畅谈。
你矫健的步履
踏遍了祖国的每一寸土地。
每一寸土地啊
都渗透着
你的血，
你的汗！

鲁迅有句名言：
"吃的是草，
挤出的是牛奶、血。"
啊，
多么灿烂的名言，
多么光辉的样板。
再看一眼你那补缀的衬衣，
你那简陋的房间。
一只搪瓷缸，

记录着你战斗的年月；
一只旧笔筒，
使人看到了敌人的炮弹。

啊，你静静地离开了我们，
——在那个凄风苦雨的时间。
可你的声音
还在我们耳畔回旋。
你挥动着双臂，
同我们一起高唱《东方红》。
你爽朗的笑声，
使敌人胆战心寒。
在你离开我们的那个
寒冷的冬夜，
风寒，
吹不落我们胸前的白花；
雪猛，
撕不掉我们臂上的黑纱。
亿万颗心呵，
在编织着
编织着一个神圣的花环；
亿万颗心呵，
都镶嵌着
镶嵌着无限的怀念。

啊，谁说你离开了我们？
从你生命降临的那一刻起，
你就把自己献给了
祖国的大地，
世界的明天。
如今，你已把自己
同伟大的祖国融在一起。
你的身影呵，
时刻都在我们眼前。
那莽莽昆仑，
不正是你的雄姿
——坚毅、刚健；
那奔腾的长江，
不正是你的品格
——不息、不倦；
那波涛闪闪的南海，
不正是你凌厉的目光
——闪烁着必胜的信念！

啊，敬爱的周总理，
你时刻都和我们在一起。
一起战斗，
一起攀谈。
你同我们分享着
胜利的喜悦，

一同展望着
光辉灿烂的明天。

啊，
敬爱的周总理，
在你伟大诞辰的日子里，
我们应该作一个快乐的纪念。
可是，
思想与感情的大堤
已被冲开，
纪念中呵
却禁不住那层层的怀念；
怀念中呵
又充满了欣喜。
我们怀着无比的欣喜向您报告，
如今，再不是乌云翻卷，
如今，社会主义祖国到处春光烂漫。
我们正在
冲破暗礁，
战胜险滩，
向着四个现代化
勇敢地
　　登攀！

　　　　　1979 年 2 月 10 日

北方八月的风

北方八月的风，
你来了。
你是那样的清凉、甘美，
你是那样的温柔、多情，
你除去了一天的暑气，
把我的劳倦变为轻松。
敞开我的胸，
袒露我的颈，
啊，拥抱吧，
北方八月的风。

北方八月的风
你来了。
你吻着我发烫的面颊，
你轻拂我结疤的伤痛，
你唤醒我枯萎的青春，
给了我新的诗情。
你就是天使，
你就是生命。

啊，拥抱吧，
北方八月的风。

北方八月的风，
你来了。
你把天空吹得一片晴明，
你把我的头脑吹得清醒，
你占据了我刚刚复苏的心，
可知里面的血已开始沸腾？
新的时代已经来临，
快去创造灿烂的人生。
啊，拥抱吧，
北方八月的风。

1979 年 8 月 26 日夜

咏西红柿

你把累累的果实向人们捧献，
你那美丽的丰姿供人们观览，
啊——
你是营养的甘泉。

你有谦虚的美德，
勇于献身而默默无言。
面对人们的感激
你低下了头羞红了脸。

你饱吸大地的乳汁，
又把它变为深情一片。
"为人类献身"
是你闪光的格言。

1979 年 8 月 27 日

音乐与记忆

音乐，
打开了记忆的大门，
泪水，
把往事滋润。
不是我缺乏坚强的意志呵，
生活，
本来就饱含着痛苦与欢欣。

1979 年 11 月 1 日夜

这儿曾有过两棵梧桐

安源俱乐部门前的两棵梧桐树，是刘少奇同志
在那里领导工人运动时亲手栽种的。十年浩劫中也
受到株连而横遭屠戮。

这儿曾有过两棵梧桐，
你可知是谁把它们栽种？
这儿曾有过两棵梧桐，
它们也曾神采丰姿郁郁葱葱。

如今，哪里去寻那梧桐的踪影，
哪里去寻栽种者的笑貌音容。
不见了那英姿勃发的梧桐，
只有深埋地下的根杈留作历史的见证。

这儿曾有过两棵梧桐
栽种者早已在我们心中播下火种。
这儿曾有过两棵梧桐，
它粗壮的根深深地扎在人民心中。

1980 年 4 月 21 日

他从花丛中走来

莫非这是一场梦？
他从花丛中走来。
还是那身朴素的衣着，
已经洗得发白。

他微笑的嘴角，
看不出半点责怪；
他慈祥的双眼，
饱含着对人民无限的爱。

斑白的鬓发，
记录着他献给人民的心血；
矫健的步伐，
展示出他革命家的胸怀。

他又来到了人民当中，
从大庆草原到祖国南海；
他又同人民一道，
奔向国家的未来。

安源的火把，
在他身后还没有熄灭；
共和国的花蕾，
还没有完全盛开。

老战友们等着他，
共商国家大计；
祖国的蓝图，
还需他添加美丽的色彩。

不能离去啊，
这是人民的心愿。
多么希望他
——少奇同志，能够再来。

莫非这是一场梦？
他从花丛中走来。
但愿这不是一场梦，
他真的从花丛中走来。

1980 年 5 月

秋天来了

秋天来了，
　　送来了金色的硕果。
秋天来了，
　　带来了丰收的欢乐。
呵，
　　尝一口大自然的恩惠吧，
有时
　　它也会勾起你的思索……

　　　　　1980 年 8 月 16 日牡丹江海浪堤旁

托起生命

天空下起了毛毛细雨
我赶紧脱去外套和衬衣
让大自然醇美的甘露
尽情地
　滋润我的肌体

有一分温暖
又有一分凉意
我知道
生命原本就是
　从这里托起

1980 年 8 月 16 日

两个孩子

我来到一个岔路口，
问两个孩子该怎样走。
大的告诉我往左，
小的告诉我往右。
我问他们手里拿的什么花，
大的告诉我是美丽的花，
小的只是摇摇头。
我登上一个高坡，
看到了两条路汇合在远远的尽头。
我心里想，
难怪他们一个说往左，
　一个说往右。

1980 年 8 月 16 日

立交桥抒情

是谁牵来一道彩虹？
架在了道路的上空。
车辆在上面驶过，
那声音呵，
　　多像一阵阵真诚地赞颂。

哪里是什么彩虹？
分明是立交桥健美的身影。
桥上凝结了多少建桥工人的汗水，
桥下摄录了多少次会战的情形。

寒来暑往，
夜晚黎明，
电焊的弧光与星光媲美，
豪迈的旋律伴着机声隆隆。

加倍的努力换来加倍的成果，
一人的紧张带来万人的轻松。
细听桥下传来的串串银铃吧，
每一个音符都在赞美着建桥的英雄。

　　　　　　　　　　1980 年 8 月 21 日

在建设四化的路上冲锋

用诗一般的语言，
用画一般的意境，
用辛勤的汗水，
用艰苦的劳动，
描绘吧，
描绘我们的理想，
装点我们的前程；
展示吧，
祖国的又一座桥梁，
正在我们手中诞生。

擦一把额头的汗水，
听一听马达的轰鸣，
看一看辉煌的战果，
无限喜悦在心中滋生。

四化需要高速，
我们的进度直线上升；
四化需要优质，

我们的桥梁闪着金色的光影。
为了创造一个崭新的世界，
我们在建设四化的路上冲锋！

1980 年 8 月 21 日

假如……

假如我是一粒砂，
我愿置身于桥墩下。

假如我是一滴水，
我愿化作你身上的一滴汗花。

假如我有翅膀，
我将在空中翱翔，
　俯瞰你美丽的身影。

假如我是一杆灯，
我将站在你的身旁，
　同你一起给人们带来方便与光明。

1980 年 8 月 28 日

落　叶

你曾经带来春的信息
你曾经绿染了大地
你曾向我们捧献出丰硕的果实
而如今——
　　你慢慢地离开了枝头
　　飘飘落地

不，你没有离开这个集体
你飘飘落地
情愿把自己化作春泥
献出了自己——
　　却换来了
　　明年的新绿

　　　　　　　　1980 年 11 月 23 日

小　　屋

我刚刚走出这个小屋，
它曾把我的青春锁住。
如今，它又给我插上歌的翅膀，
心中的歌呵，从小屋中流出。

1981 年 1 月 13 日凌晨 2 时梦中醒来

青　春

青春，多么美好的字眼，
青春，多少人为你着迷。
有的人，虽然满头白发，
　　却受到你的青睐
　　　　　——青春常驻；
有的人，虽然翩翩年少，
　　却得不到你
　　　　　——一生萎靡。

青春，往往和事业相连，
青春，常常与奋斗相依。
她喜欢勇往直前
　　天天向上的攀登者；
对怯懦、懒惰者
　　却无情地抛弃。

啊，
切莫耽于灯红酒绿，
切莫陷于纸醉金迷。

要永葆青春吗?

　　那就要了解她的脾气;

只要你诚心诚意,

　　她就不会辜负你。

　　　　　　1981 年 1 月 28 日

雪

雪花轻轻地飘落轻轻地飘落，
难道是想赠给世界一片白色？
雪花轻轻地飘落轻轻地飘落，
难道是想掩埋世上的丑恶？

白色象征着纯洁、神圣，
雪花却具备了这些品格；
虽然博得了人们的尊敬，
可她怎能埋藏掉罪恶的毒果？

该暴露的就让它暴露吧，
在认识中切断它的毒络。
还是给大地铺上一层温暖的被，
待春日化作热血般的河。

人们吟颂你赞美你为你讴歌，
你无私你无瑕你忘我。
感谢大自然的恩惠——创造了你，
你是一支生命的歌。

1981 年 2 月 18 日午

你是……

你是一只小鸟
飞到我的身旁
带来一片温馨
令我心旌荡漾

你是一阵熏风
抚弄着我的脸庞
好像轻轻的絮语
倾吐着爱情的芬芳

你是一滴春雨
滴落在我的唇上
滋润了干涸的生命
迸发出青春的力量

1981 年 3 月 21 日由哈尔滨归来

让青春放射出更大的热能

一个人，
从呱呱坠地
　到年迈龙钟，
在人类的历史上，
　也只不过是一个短短的历程。
珍惜吧——短暂的青春，
珍惜吧——有限的生命。
　让青春闪光，
　用生命换取光明。

一只鹰，
出世时
　也只不过是一个弱小的生命。
只有经过风浪的锤炼，
　翅膀才会坚硬。
加入奋斗的行列，
开辟造福人类的途径。
　炼硬你的翅膀，
　做一只搏击长空的雄鹰！

每一个人，
不管他的成就大小
　　总要起始于零。
科学、现代化，
　　也都是一点一滴积累而成。
　　踏上时代的列车，
作一名勇敢的探索者。
　　让生命永葆青春的活力，
　　让青春放射出更大的热能。

　　　　　　　1981 年 4 月 6 日

夜过山村

远处是铁一样的大山，
山下有无数的光点。
虽然那不是星星闪耀，
却多像银河般的彩练。

那是灯光，那是希望，
那是生命，那是田园。
从那里我看到了一个个温暖的家庭
看到了一幅幅生活的画卷。

1981 年 6 月 20 日夜 哈—牡途中

列车在夜间行驶

列车在夜间行驶，
那黑黝黝的山在向后退去。
不时有点点的灯光，
勾去了盼归旅人的心。
啊——思绪呵，
　可知在哪里相遇？

列车在夜间行驶，
单调的轮声牵出人们的睡意。
独有我，
在寻找窗外的那颗星。
啊——那颗缠绕着乡魂的星
　你可在哪里？

　　　　1981 年 6 月 21 日凌晨 哈—牡途中

生　命

天边露出了一丝晨曦，
我望着还未醒来的大地。
诗人呵都是这么说，
可大地呵，
　　根本就没有睡去。

我走向田野，
看见了花儿正展开蓓蕾，
听见了小草在擦肩絮语，
闻到了夜露润土的芬芳，
触到了大地的脉搏，
她有时强有时弱，
　　却从来没有停息。

啊，诗人呵，
　　这就是生命；
啊，大地呵，
　　我今天才真正懂得了她的含义。

                        1981 年 6 月 21 日凌晨

思　索

诗人，需要思索，
　为的是从平凡中发现真善美。

科学家，需要思索，
　为的是从细微中探求价值。

革命者，需要思索，
　为的是唤醒民众。

而人民，也需要思索，
　过去，为了解除压迫，
　今天，为了开创更美好的生活。

　　　　1981 年 7 月 20 日晨 牡—哈途中

大自然的色彩

金黄的麦田里
　　掺杂着淡绿的荡漾
片片翠绿里
　　飘荡着嫩黄
那红的花儿
　　红得像火
那蓝的花儿
　　像星星闪光
那片片玫瑰
　　好似姑娘羞红的脸
那朵朵金黄
　　散发着丰收的芬芳
啊，北方七月的大自然
你丰富的色彩
　　涂醉了赤子的心房

　　　　　　1981 年 7 月 20 日上午 牡—哈途中

邂 逅

——在列车上

生活中有多少陌路相逢，
你与我无意中相见。
那么多人在一起倾谈，
独有我们却找到了共同语言。

也许是相近的遭遇，
　相近的命运，
　　产生了相近的观点；
也许是相同的爱憎，
　相同的愿望，
　　燃起了相同的情感。

凝聚的眸子充满了信任，
信任中跳动着力量的光焰。
轻轻的话语饱含着热情，
热情中流淌着心灵之泉。

"对，就应该有自己的看法，
不要像鹦鹉学舌那般。"

"生活中总要有风浪，
好的水手就是要勇往直前！"

到了分手的时候，
我们不免都有些眷恋。
预祝为祖国做出新的成就，
深情地说一声："再见。"

我们相处的时间很短、很短，
短暂中却找到了共同语言。
但愿在我们生活的航程中，
多有这样的邂逅，
　　常遇这样的伙伴，
　　　充满这样的语言。

　　　　　　　1981 年 7 月 27 日由哈归来

你诞生在沉沉的黑夜

——纪念鲁迅诞辰一百周年

你诞生在沉沉的黑夜，
黑夜压抑着中国。
为中国的希望、光明，
你——愿做一名盗火者。

你诞生在沉沉的黑夜
黑夜像牢笼一样把人民紧锁。
为了人民，你呐喊、战斗，
吃下了草，挤出的却是奶和血。

你诞生在沉沉的黑夜，
黑夜中窜动着群魔。
活着就不能放下武器，
哪怕是在生命最后的一刻。

啊，你诞生在沉沉的黑夜，
黑夜中你是一团火。
虽然燃尽了自己，
却留下了无限的光和热。

1981 年 9 月 15 日

秋天的田野

呵，这就是秋色，
——五彩的田野；
呵，这就是秋歌，
——流淌的小河。

秋天的田野，
　色彩斑斓；
秋天的小河，
　浸满了丰收的欢乐。

翠绿的秋菜，
——绿得葱茏；
金黄的稻禾，
——迷人的颜色；
新翻的土地，
——黑得发亮；
片片红叶，
——红得像火。

呵，醉了吧，
　秋天的田野。
醉了天空，
　醉了大地，
醉了人们的心，
就连这小河
　也醉得唱起醉人的歌。

呵，秋天的田野，
　——这迷人的颜色；
呵，秋天的小河，
　——这醉人的歌。

　　　　1981 年 10 月 5 日于长岭子野外

金色的叶子

一片金色的叶子，
　　在轻轻飘落。
一颗苍老的心，
　　燃起了青春的火。

金色的叶子曾捧出金色的果，
苍老的心正在忙着收割。

金色的叶子并不懊丧自己的飘落，
它愿化作春泥献出最后一点热。

苍老的心抹平自己的伤痕和皱褶，
捧出新的收获。

1981 年 10 月 7 日

山间小路

山间小路，
你把我带向何处？
弯弯曲曲，
起起伏伏，
迎着彩霞，
托着朝雾。

山间小路，
你把我带向何处？
幼松张开葱茏的手臂，
晨风把我的面颊轻拂。
铃兰微微点头，
小草捧出晶莹的珍珠。

山间小路，
你把我带向何处？
爬过了一个山岗，
穿过了一片晨雾，
你盘旋在山巅，

哦，到了——

　　前面就是那片开阔的去处。

　　——1982 年 7 月 2 日于牡丹江北山宾馆全国十八省市语文教学法报告会期间

我又走进课堂

——记一位"青工补课"学员的话

我又走进课堂,
眼前忽然一亮,
"勤奋学习,振兴中华"
八个大字闪着金光。

我又走进课堂,
一股热流涌入心房。
黑板、课桌
　——熟悉而又陌生,
久违了,我的伙伴
　——你没有把我遗忘。

我又走进课堂,
这勾起我对往事的回想。
轻轻地闭上眼睛,
泪滴呵,沾湿了我的衣裳。

青春,多么容易流逝,
她却被遗留在动乱之乡;

时光，多么容易荒废，
是谁让她在愚昧的荒冢边徜徉。

像一场梦吗？
它过去了——却不能遗忘。
为追回自己的青春，
今天，我又回到了课堂。

没有文化，
怎能让祖国屹立在东方？
没有知识，
怎能把祖国建设得繁荣富强？

快，趁我们还年轻，
把失去的赶紧补上；
快，张开人生的风帆，
遨游于知识的海洋。

做一只蜜蜂，采撷百花之蜜，
　　——是为了让别人生活得甜蜜向上；
用劳动去换取知识，
　　——好让理想插上智慧的翅膀。

我又走进课堂，
呵，眼前一片霞光。

心潮像不平静的海，
掀起一阵阵波浪。

动乱的十年已成为历史，
跳梁小丑成了阻挡历史前进的螳螂。
过去的就让它过去吧，
让我们起步在洒满阳光的路上！

1982 年 7 月 13 日

太阳对我说

山——
　莽莽苍苍
水——
　渺渺茫茫
船——
　像几片黑色的叶子
　　在水面荡漾
只有风——
　在爱抚地吻着
　　我的脸庞
太阳——
　从山后露出
　　半个笑脸
他说
　大自然
　　就是这样
　　　——这样

1983 年 5 月 29 日于桦树川水库坝上

大　坝

多么像忠于职守的哨兵

大坝——横在两山之间

一面是水

一面是田

我寻找

——那历史的遗迹

却发现了

——溶在坝上的建设者的汗

　　　　1983 年 5 月 29 日晨于桦树川水库坝上

我在倾听……

——写在六届人大召开的日子

啊，我在倾听，
倾听祖国心脏的跳动；
啊，我在倾听，
倾听北京发出的号令。

从荧光屏上
我看到了——
　　愉快的笑脸
　　幸福的面容
　　人民的喜悦
　　民族的兴盛

通过电波
我听到了——
　　车间的交响
　　田间的奏鸣
　　四化的步伐
　　祖国的振兴

啊，我在倾听，
祖国的心脏和着人民的脉搏；
啊，我在倾听，
北京的号召发自人民的心中。

1983 年 6 月 9 日

海迪大姐，您听我说……

——一位少先队员的话

海迪大姐，
您听我说。
您的事迹
温暖了我们的心窝。
您是中国的保尔
　　意志像铁，
　　热情像火。

海迪大姐，
您听我说。
是您告诉我们
应该怎样生活。
活着不能只为自己，
要记住人民
——这是人生的准则。

海迪大姐，
您听我说。
我们是祖国的花朵，

但决不躺在摇篮里度过。

要努力，

要刻苦，

要学好功课，

让生命迸发出火花，

为祖国发光、发热。

1983 年 7 月 1 日

北国情思

假如我是一只紫燕，
我要把巢筑在你的身边。
哪怕是冰天雪地，
北国的热潮也能把我温暖。

假如我是一尾银鳗，
我要游到你的身前。
透过晶莹的冰，
摄下你火热的心、明朗的天。

假如我是一盏灯，
我愿站在这儿的山巅。
莫让远方的客人迷路，
替你把真挚的情谊捧献。

呵，北国边城，
你牵住了多少人的心，
即使只见上一面，
也让人如此留恋——留恋。

                    1984 年 1 月 8 日

春雨淅沥的夜

春雨淅沥的夜，
我在倾听，
倾听大地的呼吸；
春雨淅沥的夜，
我在倾听，
倾听大自然的絮语。

雨滴润湿了泥土，
泥土——抖落了一冬的睡意；
微风摇曳着柳枝，
柳枝——舒展着婀娜的身躯。

春，就这样来了，
在春雨淅沥的夜，
随着春风，
　伴着大地的呼吸；
春，就这样来了，
在春雨淅沥的夜，
她悄悄地降临，
　带着一副温柔的脾气。

1984 年 4 月 21 日夜

天　空

我躺在草地上
　仰望天空。
天空是蓝色的
　又带着灰色的朦胧。

我在寻找
　寻找宇宙中的未知；
我在探索
　探索那遥远的甜梦。

我不敢眨一下双眼，
　唯恐失去刚刚捕到的幻影；
我不敢哪怕是微微的颤动，
　唯恐抖落那心中闪烁的星。

啊，明净的天空，
　深远的天空。
你是蓝色的
　又带着灰色的朦胧。

　1984 年 5 月 20 日午，西卡路劳动休息时于树下

一只鸟儿落到树上

一只鸟儿落到树上，
枝儿摇了摇，
好像在说：
"欢迎、欢迎！"

鸟儿在枝头蹦蹦跳跳，
"啾啾、啾啾。"
好像在说：
"谢谢您，树公公。"

一个孩子拾起一颗石子扔过去，
鸟儿展开翅膀飞走了。
留下一串"啾啾"，
好像在说：
"真讨厌的孩子！"
树枝摇了摇，
好像在说：
"这孩子什么也不懂。"

1984 年 5 月 20 日午

寻　找

沿着久违的小路，
踏着谙熟的石磴，
我寻找
　　寻找儿时的欢乐，
　　寻找童年的行踪。

啊，哪里去了？
　　从前的田垄，
　　旧时的窝棚。
啊，哪里去了？
　　儿时的笑靥，
　　童年的甜梦。

时间，流水一样，
　　把记忆剥蚀得
　　一片一片；
梦，如晨雾，
　　既缥缈
　　又轻盈。

山下的小溪，
还是那么曲曲弯弯，
　怎么失去了原本的明净？
遍野的花草，
还是那么芬芳，
　倒是变得更加葱茏。

啊，逝去了
我的童年，
　经过了风风雨雨的历程；
啊，皱纹
爬上了眼角，
　记载着雨、雪、秋、冬。

假如，我还有一个童年……
不，这不可能！
把她留在了昨天，
当作一个甜蜜的梦。

太阳，在徐徐升起，
透过薄薄的晨雾
　把我从甜梦中惊醒。
暖风，轻轻拂过，
用她甜甜的吻
　把我心灵的创伤抚平。

沐浴着阳光，
告别了昨天，
去迎接
　迎接那迷人的未来；
踏着芬芳，
张开搏击的臂膀，
去寻找
　寻找那最有价值的人生。

　　　　　1984 年 7 月 14 日凌晨登北山游旧地

啊，"勿忘我"

清晨，我漫步在山坡，
一束蓝色的小花吸引了我。
呵，多么像
夜晚天空的星，
　薄薄的花瓣，
　金黄的花萼，
　朴素的身姿，
　淳朴的品格。
一股淡淡的清香
　使我陶醉。
我把你托在手中，
　唯恐把花瓣碰落。
我多么想带上你，
　又怕你经不住人生旅途的颠簸。
多亏你有一个迷人的名字
　已刻在我的心上，
——啊，"勿忘我"！

　　　　　　1984 年 7 月 14 日晨于北山

梦乡的呼唤

一条弯弯的小路
通向玫瑰色的山岗
山岗的脚下
有一条江
江的那面
有一位美丽的姑娘
她羞赧地对我说
游过来吧
这儿有幸福
是世上最美的地方
可是我稍加思索
就回答说
不
谢谢你
姑娘
因为这面
是现实
而那面
是梦乡

1985 年 8 月 8 日于温春农机技校

晚霞下的山脊

灰蓝
火红
橙黄
涂抹在一起
上面漂浮着
一块块的
黛青
下面
是托起整个夜空的
老长老长的
黧黑的
大山的脊梁

1985 年 8 月 8 日黄昏于温春

黑色的蜻蜓

江边
荒草丛中
一只黑色的蜻蜓

她跟着我
飞飞停停

那跳跃的舞姿
旋律轻盈

或许
她会把我
引向一条归程

1985 年 8 月 9 日午温春江边

山的女儿

纱一样的雾
绕在山腰
那山
端庄里
带着妖娆

雾一样的纱
是山的女儿
轻轻地
在田野上
飘

晨风
把纱一样的雾
慢慢托起
送来阵阵
山林的喧闹

晨光
为雾一般的纱

镀上一层金
捧出串串
银铃般的笑

1985 年 8 月 11 日晨于牡温春农机研究所

山　村

青山环抱
绿水围绕
一声鸡啼
送来声声 "你早!"

麦香飘飘
果香渺渺
袅袅炊烟
捧出一天的欢笑

1985 年 8 月 13 日于温春农机校江畔

风

汗微微地解了
它
送来的凉爽
驱除了暑热
寝室里
渐渐地
起了鼾声

啪!
玻璃窗碎了
惊醒了甜蜜的梦
它
带走了梦中的甜蜜
留下的
只有一片怔忡

1985 年 8 月 15 日夜

太阳，你早！

太阳，你早！
蓝天迎来你欣慰的笑。

太阳，你早！
云霞拂去你心中的焦躁。

太阳，你早，你早！
新的一天踏着轻快的步子来到。

　　　　　　1985 年 10 月 22 日重阳节

夕　阳

夕阳正落向山巅，
我想，这并不是她的心愿。

她多想把自己留在这个世上，
所以才向大地抛出了无数条金线。

她的愿望终究没有实现，
不信？请你看看她那羞红的脸。

1986 年 1 月 20 日黄昏于牡—温春途中

小城——在雨中

小城
　在雨中
　　迷迷蒙蒙

那街
　那树
　　溢满了脉脉深情

小城
　在雨中
　　又清又静

那尽头
　隐隐地
　　有一对倩影

小城
　在雨中
　　深沉而安宁

火红的伞下
定有温馨的话语
　可知是漫步？
　是接？
　还是送？

　　　　　　1986 年 7 月 8 日

姑娘，不要这样

在那欢快的话语里，
我偶然听到了
　　一声轻叹低唱；
在那深沉的眸子里，
我似乎看到了
　　一丝隐隐的忧伤；
在那善良纯真的心灵里，
我突然发现了
　　一缕淡淡的惆怅。

呵，姑娘，
　　不要这样，不要这样。
心灵的天窗不要总是关闭，
那儿需要
　　爱的雨露，信念的阳光。
勇敢的去爱吧，
用赤诚的心
　　去爱这个世界；
用火热的心

去爱生活；
用善良的心
　　去爱周围的一切吧。
坚定的信念
　　将给你力量。

1986 年 7 月 14 日

月亮身边一颗星

月儿遨游在夜空，
可知何处才是归程？
薄薄的云儿从你身边掠过，
剩下你自己可感到冷清？
只有那颗美丽的星
永远伴着你的行程。
是你照亮了她，
还是由于你，
她才显得有些昏冥？
不管是月圆、月缺，
她都紧跟着你
　　——从黄昏直到黎明。

1986 年 7 月 20 日深夜

大海中的一只孤帆

你像广袤大海中的一只孤帆，
多想遇到一艘同行的大船。
回过头，
　　才知人生道路的艰险，
抬起头，
　　就会看到幸福的彼岸。
加把劲，
　　向着彼岸勇往直前，
迟早，
　　你会遇到理想中的伙伴。
那时，
　　将听到你舒心的笑声，
　　你就不会再感到孤单。

1986 年 7 月 21 日

希望和向往

在那深沉的眸子里，
我似乎看到了
一丝希望之光。

在那无忧无虑的神情里，
我又发现了
一缕对生活的向往。

是用信念滤过了吗？
滤掉了过去的苦涩，
滤去了遗留的忧伤。

生活本来就是一个广阔的天地，
只要我们
能有一副坚硬的翅膀。

1986 年 8 月 17 日

一只快乐的小鸟

为什么你的眼神中
　　总带着一丝忧伤？
为什么你的神情里
　　总有几分惆怅？

人都说你是一只快乐的小鸟，
可我却发现了鸟儿心灵深处的海洋。
那里不仅仅是粼粼波光，
有时也会掀起汹涌的浪。

是生活亏待了你
　　给了你不该有的失望？
还是你偏得了
　　把人间的酸甜苦辣同尝？
你是一只快乐的小鸟，
　　总想飞遍人生旅途的每个角落。
可抑郁
　　却是你成功的路障。

　　　　　　　1986 年 8 月 18 日

雨　夜

路——是湿的
它泛起如水的灯光
黄色　绿色
还有那迷人的蓝色
鲜红的轿车尾灯
离去如梭
穿过那梦境般五彩斑斓的河
接着
仍是雨夜的静谧
只有那如丝的雨滴
落在唇上
消除了久久的干渴

1986 年 8 月 30 日夜

那一双迷人的眸子

有人说那是两泓清泉，
可清泉哪有那么深的内涵；
有人说那是一对流波，
流波又显得那么清淡；
有人说她会说话，
可世上最丰富的并非语言。
不知为什么我竟如此大胆，
总想去探索那迷一般的顾盼。
也许，
　　也许那里藏着对往事的记忆；
也许，
　　也许那里有对青春的流连。

1986 年 9 月 8 日

融

太阳的金线
　　把无数条细流
　　　　牵动

黑色的雪
　　在收缩
拥挤着进行
　　最后的倾诉

有这样一个命题
　　你——我
　　　　相同

明日
　　将不复再见
置身于地下
　　去孕育
　　　　新的生命

　　　　　　1987 年 2 月 11 日晨

春　雨

像游丝
在空中飘荡
在寻找
寻找寄托和依傍

一下子
跌落在母亲的唇上
生命的歌
在细细地流淌

留一片慰藉
寄一片热望
怀着无私的奉献
争挤着
　又奔入母亲的乳房

1987 年 4 月 21 日

春的断想

绿色
随着春风追逐

生命
伴着春雨复苏

走过了
漫长的混沌的冬天
又踏上
明媚的姹紫嫣红的新途

无谓地
追思以往的伤痛
不如勇敢地
追求探索者的幸福

历史
往往会开一个
　不大不小的玩笑

大自然
　却总是这样
　　循环往复

1987 年 4 月 29 日

雨　　滴

雨滴
落在睫上
晶莹而透亮
哦
她是一缕
淡淡的春光

雨滴
落在鼻翼旁
如温乳
馥郁而清香
哦
她是一丝
金色的希望

雨滴
落在唇上
多像情人的吻
甜蜜而悠长

哦
她是一只乳燕
正在张开
稚嫩的翅膀

1987 年 7 月

雪　花

你来自遥远的天空
袅袅娜娜
飘忽不定
可是在寻找
寻找那温馨的归宿
可是在追索
追索那失落的梦

无意中
竟撞到了我的怀里
融化了
细细的一滴
呵，一滴甜甜的甘露
原来
这才是你的初衷

1987 年 12 月 6 日

也许……

也许，
这里就是神仙的境地。
当你驾起云头，
向着云海深处飞去，
也许，
天宫就在那里。

瞪大你的双眼，
寻觅，
寻觅。
昨天与今天，
历史与未来，
现实与幻想。
都缠绕、扭曲在这里。

1988 年 3 月 1 日 牡丹江—成都途中
沈阳转机前机上

浪　花

白色的浪花，
跳跃、追逐。
我多想把你
带上漫长的旅途。
除却心中的孤寂，
让思绪伴随你飞舞。
但是，在我面前
却横着一根船栏，
使我不能再前进一步。
而你，却那么固执，
坚持着
追逐、追逐……

　　　　1988 年 3 月 10 日长江舟中

浪尖上的手帕

一条玫瑰色的手帕
　　落入水中
她不愿沉落
　　却在浪尖上浮动
船尾的水花
　　把她推向远处
她却执着地漂浮着
　　远远地留下一点淡淡的身影

　　1988 年 3 月 12 日午，于长江江渝一号轮上

夜　　行

列车
缓缓地向前蠕动
犹如一只蚯蚓
悠闲地爬行

过了一夜
又一夜
向着北方
向着寒冷

远处的灯光
一闪一闪
我知道
那是亲人
　盼归的眼睛

车窗外
偶有片片残雪
心中

却有一股暖流
　慢慢地萌生

越过了
料峭的夜
我知道
家乡也正在
孕育着
　春的躁动

1988 年 3 月 20 日于津牡途中

北方，最后一场春雪

那是你吗
轻轻的
软软的
和着春雨的脚步

那是你吗
静静的
懒懒的
把世界滋润得如此湿濡

也许是为了抢在春雨之前
也许是来得太迟
也许是心灰意懒吧
你却回答说：不——

偶尔
你落在了唇上
仍是
甜甜的

咸咸的
既有生的辛涩
又有离去的酸苦

忽然
你又附在耳畔
我听见了
你说
再见
明年
仍是这个时候
我还为春雨带路

1988 年 4 月 22 日

八女投江遐思

当我还是孩提时候，
就在这里凝望大江。
静听波涛的倾诉，
默看江水的流淌。
我知道，
这里是八位女英雄战斗过的地方。

微风迎来对岸阵阵的稻香，
曾吹醉我多少痴痴的遐想；
十五夜晚皎洁的月光，
也曾把天真的思绪织成一张张网。
密林深处的枪声，
曾激起我对英雄的无比崇敬；
八位女英雄的故事，
曾教我站着做人
　　面对人生高高挺起胸膛。

如今，我仍然站在这里，
江水依然那般流畅。

大江东去，
　牵出我对八女的无限追思；
清风徐来，
　抹去了心头阵阵的迷惘。
猛然回头，
眼前出现了奇迹，
那巍巍矗立的，
　是八位女英雄的雄伟塑像。

终于，再现了
　五十年前那壮烈的一幕；
再现了
　那坚定的步伐，
　那视死如归的目光。
从此，这里将留下
　千万人的缅怀，
　万千人的凭吊；
留下了
　万万千千后来人的愿望。

　　1988 年 8 月 1 日牡丹江八女投江塑像揭幕典礼

秋雨中的草坪

秋雨
滴在小巷
笃笃——笃笃
似倾诉
　满心的惆怅

金色的叶子
随风飘荡
沙沙——沙沙
在寻找
　逝去的时光

只有那块
　松软的草坪
静静地
　饮下了冷漠
又埋藏起
　新的希望

1988 年 10 月 5 日

踏着细雨上路

久旱的禾苗
逢上了清美的甘霖
张开绿色的臂膀
拥抱又一个春

饥渴的婴儿
忽然见到母亲
一下子含住乳头
拼命地吸吮

小雨　细细的
湿润　温馨
手中的伞不愿撑开
任雨滴把每个毛孔滋润

踏着细雨上路
轻数着雨滴和脚步
倾听
那生命的回音

1989 年 6 月 27 日

香菇般的魔伞

灰色的天空
涌动着烦躁与不安
雨滴
也落得缠缠绵绵
是谁
撑起了一支支
香菇般的魔伞
那摇曳的光影
组成了
生命流动的花环。

1989 年 7 月 15 日晨

霜　花

夜色中一闪一闪，
那是蓝色的警惕。
霜花也怀着眷恋，
爬上了眼角、眉梢，
此情依依。

每当结束了一场战斗，
凯旋在寒冷的子夜。
她也兴奋得溶为一滴水，
滚落到腮边，
给他一个吻，
然后，
含羞离去。

1990 年 1 月 16 日晚

夜　　巡

轻轻地，
不要踏碎了路边的积雪，
惊醒人们那场甜蜜的梦。
那里有对未来的憧憬。

悄悄地，
不要惊动了角落里的黑暗，
要一网打尽。
那里有罪恶和血腥。

走过去，巡视，
踏着深深的小巷；
走过来，警惕，
从黄昏直到黎明。

1990 年 1 月 16 日夜

双　日

公历——农历
是谁的排列组合
使它们碰撞在一起
迸发出一个小小的火花
——双日
吸引着一对对情侣

鞭炮
此伏彼起
迎新送新的车
穿梭般游弋
就连春雨也来凑趣
从早到晚
潇潇洒洒
点点滴滴
弄湿了新娘的红裙
引出了新郎的喷嚏

1990 年 5 月 20 日

昨日的雪，今日的雨

昨日的雪
落得那么轻
如喝醉了酒
懵懵懂懂
才落了一半
便渐渐消融

今日的雨
落得那么重
带着春的呼唤
点点滴滴
砸醒了
大地的每一根神经

1991 年 3 月 19 日

我曾经……

我曾经偷偷地喜欢上了你，
那时我们只有小小的年纪。
我曾经太没有勇气，
错过了最美好的时机。

今天，我们再次相遇，
目光里搜寻着少年时的记忆。
人生呵，就是这样，
每个人都有一部传奇。

1992 年 5 月 28 日

涨潮　退潮

涨潮，
　是大海的进取；
退潮，
　是大海的喘息。
不停地追求，
不停地进取，
　才是大海的脾气。

　　　　　1993 年 6 月 10 日晚于北戴河海滨

我愿……

我愿听大海的涛声，
涛声里
  饱含着激情；
我愿看大海的浪花，
浪花里
  展示着大海的心胸。

1993 年 6 月 11 日晚于北戴河海滨

同　学

假如我们还年轻，
是否还会走过那一段路程？
假如我们还年轻，
是否会活得更加轻松？

我们都曾踏过一段段坎坷，
也都曾踩过一片片泥泞。
但我们无怨无悔，
回忆起来仍会怦然心动。

现在我们已经不再年轻，
生活的步子却依然坚定。
当我们相聚在一起的时候，
更会感到"同学"这个词有多么神圣。

1999 年 7 月 9 日

小屋和湖

山坡上有一间小屋，
山脚下是明净的湖。
小屋俯瞰着湖水，
湖水倒映着小屋。

树影婆娑，
拉近了湖和小屋；
微风习习，
牵系着小屋和湖。

我曾住过那间小屋，
我曾游过那明净的湖，
我曾在那林荫的小路上沉思，
也曾静听那微风的倾诉。

山坡上有一间小屋，
山脚下就是明净的湖。
我留恋那间小屋，
也留恋那明净的湖。

1999 年 8 月 8 日

异域的海滨

当我来到异域的海滨，
时间已是夏日的黄昏。
暑气正渐渐消去，
扑面而来的是一阵暖暖的湿润。

脱去鞋袜，
让海水轻拂我的脚踝。
消除掉奔波后的疲劳，
尽情享受这大自然的温存。

2004 年 7 月 11 日于洛杉矶海滨

春天的消息

雨和雪
撕扯着来了
落在地上
融在了一起
那微微飘起的热气
是她们的喘息
她们争抢着要告诉你
——春天的消息

2022 年 3 月 14 日

七滋八味

它给我们留下一个问号
令我们深思
让我们思考……

　　——摘自《它给我们留下一个问号》

沾　光

——为一种人画像

公家盖大楼，自家盖小楼。
材料往回拉，人工勿报酬。
职权须当用，良机不可丢。
此等便宜事，哪能独自谋。
可攀权与势，可结亲与友。
虽有运动来，大可不必愁。
往日同共事，今日可同舟。
上边可周济，下边可分忧。
自有名堂立，"残次"为一筹。
我楼"残次品"，不信请细瞅。
实为"处理品"，墙内尽"砖头"。
尚有发票在，降价有户头。
你钱十当一，我钱一当九。
瓦为"处理瓦"，楼为"处理楼"。
人工靠"自愿"，材料有处收。
沾光无所谓，近水得月楼。
无怪此美缺，人人争相谋。

若都如此办，小楼胜大楼。
公家受损失，个人摔跟头。
奉劝此种人，赶紧快住手。
改过有自新，要把正路走。

1978 年 11 月 20 日

七品爷堂上有公道

——看《七品芝麻官》

颤巍巍红袍抖动，
轻飘飘纱帽慢摇。
官如芝麻般大小，
前程似露水般易逝易消。
生就无半点媚骨，
不为保纱帽折腰。
噫嘻嘻，真胡闹。
遇奸臣当道，
五品官变成了七品当朝。

只图为民做主，
何惧官厚职高。
纵然你一品诰命，
是人犯就别想法外逍遥。
犯了法与民同罪，
剥去你霞冠锦袍。
噫嘻嘻，莫胡闹。

戴上铁枷镣铐，

七品爷堂上自有公道。

1979 年

无　题

——题自画漫画《无题》

一个说往东，　　　　你说的他不同意，
一个说往西，　　　　他说的你听不进去，
真不知该听谁的。　　都是在其位之士，
本是一件正经事，　　却唱不成一个曲。
却当成了儿戏。　　　真是呜呼噫嘻
噫嘻，噫嘻！　　　　呜呼噫嘻！

1980 年 4 月 14 日

（此画 1990 年 7 月入选黑龙江省第四届漫画展）

同志呵，不要这样

——与望近同志商榷

同志呵，不要这样，不要这样，
当厂长就该有那样的抱负和理想。
也许，"招贤榜"确会遭到你说的下场，
但，天下哪会都是一般模样？
再说，要干一番事业，
并不等于吃一片海参，喝一口鸡汤。
假如我们的厂长
都敢于让"汤泡饭"改行，
那么，攥住鞋带的手
也不敢过分嚣张。
现任厂长的苦楚呵，
也许不止一大箩筐，十大箩筐……
工资制度呵，
就算是天衣无缝，"固若金汤"，
难道我们的厂长就应该
墨守成规，徘徊徜徉？
假如没有困难

请问，为什么还要我们这些厂长？

同志呵，不要这样，不要这样，
当厂长就该有那样的抱负和理想。
谁说他没有仔细思量？
其实他想的和你不一样。
"三把火"当然要加上科学的管理办法，
现行管理体制的改革绝不会从天而降。
十年浩劫中，并没有宣布法令和制度作废，
可有谁在执行和遵守那些规章？
假如我们的厂长都能像他那样，
那你就会发现这是一股多大的能量！
干社会主义就要靠真才实学，
还有热血满腔。
拉关系，找靠山，
这才是真正的阴风恶浪。
当然，这些不能一下子改变，
但面对困难我们不应该犹豫彷徨。
如果连这点勇气都没有，
那还谈什么兴邦治厂？
万一这种人当了厂长，
即便不被解职也该主动退让。

同志呵，不要这样，不要这样，

当厂长就该有那样的抱负和理想。

不要用挖苦来对待自己的同志,

不要再为个人的乌纱帽前思后想。

快从自己做起,

要当, 就当这样的厂长!

1980 年 11 月 25 日晚

附:《工人日报》1980 年 10 月 20 日第四版《百花》副刊刊登了思远的诗《假如我是厂长》。11 月 24 日第四版《百花》副刊刊登了望近的诗《你当厂长也一样——与思远同志商榷》,并加了编者按。读后略有感想,当晚写了上面的《同志呵,不要这样——与望近同志商榷》。现将思远和望近的诗附录于此。

思远的《假如我是厂长》:

假如我是厂长,/上任的第一天/就贴出金字的 “招贤榜” ——/不管他资历深浅,是否入党,/不管他出于名门,还是来自草房,/只要有真才实学和热血满腔,/就委以重任,登台拜将。/不广开才路,事业怎能兴旺?/不任用贤能,又何谈治国兴邦! //假如我是厂长,/上任的第一件事/就是让那些 “汤泡饭” 的人改行——/不管他是哪级首长的宝贝儿女,/不管他的职务是主任还是科长,/也不管他有多少绝招和凭仗。/社会主义不养活白吃饭的老爷,/人民怎能容忍品茶、清谈也挣工资的行当! //假如我是厂长,/上任后的第一道命令/

就是把"大锅饭"制度彻底埋葬。/按劳取酬，论功行赏，/奖惩分明，有升有降。/没有这一条呵，/民族的腾飞，中华的振兴，/只能在梦里想！/多少次，/我久久地把墙上的地图凝望，/我的心呵/沸腾得像大海波涛一样！/为什么我们有优越的社会制度，/却长期落后于西方？/为什么我们的工人聪明能干，/生产却不如资本主义的"松下""三洋"？/厂长同志呵，/这问题您真应好好想想！//尊敬的厂长呵，请不要再为个人的乌纱帽踌躇彷徨；/快冲破陈规、解放思想，/大胆改革、奔向前方。请您常问自己：/"作为一个厂长，/应该怎样无愧于人民，/无愧于党？"/否则呵，/这个厂长真不如由我来当！

望近的《你当厂长也一样——与思远同志商榷》：

假如你是厂长，/上任的第一天，/就敢贴出"招贤榜"！/上级不予任命，/下边不给立档，/你招来的"贤"能自己供养？/即使你有真才实学、热血满腔，/也必须拉好关系，找个避风之港/——没有门路，你会四面碰壁，/找不到靠山，难把风浪抵挡！//假如你是厂长，/单凭你上任头一桩——让"汤泡饭"的人改行，/就会把你搞得声名狼藉，/就会使你不得不提前"收场"！/因为这位"汤泡饭"宝贝的爸爸，/恰恰是管你的局长！/只要他稍稍紧一紧鞋带，/就让你寸步难行，/还谈什么兴邦治厂？//假如你是厂长，/怎能把大锅饭的制度彻底埋葬？/工资制度固若金汤，/人浮于事习以为常，/一个小小的厂长，能有多大力量？/不要责怪现任的厂长/都没有宏伟的理想，/要说起他们的苦楚呵，/也能装满一大箩筐！/同志呵，你可曾把这些细想！//假如你是厂长，/我看同样难搞出什么名堂，/"三把火"的设想固然不错，/到头来恐怕不能如愿以偿！/现行管理体制不加改革，/你当厂长也是一样！

攻关（版画）　　　　　　申忠信 作

（此画入选 1978 年元月牡丹江市美术、摄影艺术展览）

它给我们留下一个问号

——《戴手铐的旅客》观后

他没有罪，
却被戴上手铐；
他不是罪犯，
却被投入监牢。
一颗为祖国的心，
在沸腾，在燃烧，
目标——A——1号，
一定要把真正的罪犯找到！

正义和邪恶较量，
有时也难免出现颠倒。
正义在流血，
邪恶却得意狂笑。
为什么他抓到了真正的罪犯，
却重又被戴上镣铐？

啊，亲爱的观众，

它给我们留下一个问号，

令我们深思，

让我们思考……

1981 年 4 月

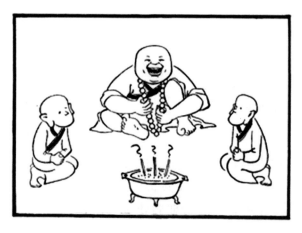

传授图（漫画）　　　　申忠信

（此画入选 1989 年 9 月牡丹江市庆祝建国四十周年美术、
摄影艺术作品展）

又是一个黎明

——题自制同名版画

鲜花为你开放，
青松向你问好。
敬爱的周总理，
你又是一夜未合眼，
——看窗外已是曙光初照。

喜悦驱散了疲劳，
满意的微笑挂在嘴角。
你用平凡的劳动，
迎来了又一个黎明，
——把祖国的宏图细描。

1981 年 9 月 15 日

又是一个黎明（版画） 申忠信

（此画入选 1982 年牡丹江版画作品展览并发表于《牡丹江日报》1982 年 1 月 15 日第三版）

鞭炮声声

——题自作同名漫画

鞭炮声声，
响震长空。
自我陶醉，
原则一扔。
乌七八糟，
乱花乱用。

年底检查，
大梦一惊。
奉劝此君，
莫再发蒙。
悬崖勒马，
及时猛醒。

1987 年 2 月 12 日

某君栽花

——为自画同题漫画配诗

某君栽花用尺量，
高矮胖瘦须相当。
若是不遂其心意，
一律剪掉没商量。

1987 年 6 月

某君栽花　　　　　申忠信

(此画发表于《光明日报》1987 年 6 月 11 日第一版)

放怀歌一曲

有心借到三江水
千里扬帆唱大风

——摘自《咏盆景二首》

我是小小修道工

我是小小修道工，修道工，
道路修得平又平，平又平。
连接起千家和万户，
连接起南北和西东。

我是小小修道工，修道工，
道路修得平又平，平又平。
我为祖国做贡献，
道路修得平又平。

1981 年 5 月 19 日

小天鹅，飞呀飞

小天鹅，飞呀飞，
飞遍祖国的山和水，
飞到宝岛台湾去，
久别的亲人要聚会，

小天鹅，飞呀飞，
白云朵朵颤巍巍，
问候宝岛亲兄弟，
问候宝岛亲姐妹。

小天鹅，飞呀飞，
台湾宝岛早回归，
我们盼望大统一，
祖国前程无限美。

几千年风雨几千年路

脸朝黄土背朝天，
浑浑噩噩就是几千年。
沉甸甸的镢头刨出了一道道垄，
赤裸裸的双脚踩平了一个个埯，
咸丝丝的汗呀太阳晒也晒不干，
苦辣辣的泪呀淌了一年又一年。
几千年的沉睡，
几千年的痉挛，
几千年的麻木，
几千年的震颤。
几千年风雨几千年路，
只有那耳边响着遥远的呼唤。

走出黄土走出古原，
走出风风雨雨的繁衍。
黑亮亮的犁铧开出了一条条路，
粗糙糙的双手推翻了一座座山。
明晃晃的月亮有缺也有圆，

金灿灿的太阳照红了地也映红了天。
敲开古老的荒蛮，
抖落天真的梦幻，
砸碎沉重的枷锁，
冲出尘封的羁绊。
几千年风雨几千年路
踏着坚实的步子道路越走越宽。

1991 年 6 月

今日重相聚

往昔的日子没有忘记，
老同学今日重又相聚。
嘴角颤动着热情和欢乐，
眼中闪烁着激动和惊喜。
拉起你的手，
举起我的杯，
让我们再忘形一次，
让我们再天真一回，
饮下这三十年的风风雨雨。

美好的回忆并未完全过去，
仍然停留在我们的目光里。
让我们拥抱，拥抱过去；
让我们拥抱，拥抱今天；
让我们拥抱，拥抱未来。
青春的脚步
仍然催动着我们的血液。
拉起你的手，

举起我的杯，
让我们再忘形一次，
让我们再天真一回，
饮下这三十年的风风雨雨。
让我们饮下
饮下这三十年的风风雨雨。

1992 年 4 月 11 日

社会主义现代化靠我们来实现

驾起改革的航船，
扯起开放的风帆，
发挥内部优势，
创造外部条件。
依靠科技进步，
抛开陈腐观念。
形成外向经济框架，
促进经济飞速发展。
解放思想排除万难，
抓住机遇，
迎接考验。
坚持两个文明协调发展，
社会主义现代化靠我们实现。

投入改革的大潮，
搏击在风口浪尖，
依靠群众的智慧，
开创崭新的局面。

树立必胜信心，
坚定社会主义信念。
创造安定的社会环境，
振兴美丽的家园。
团结一致，
奋力登攀，
艰苦创业，
开拓向前。
开创两个文明崭新局面，
社会主义现代化靠我们来实现。

1992 年

共同的追求

林海在招手，
飞雪迎朋友。
冰雪名城摆战场，
亚洲儿女乐悠悠。

心连心，团结紧，
竞争——拼搏，
切磋——交流。
洒下辛勤的汗水，
为了一个共同的追求。

场上是对手，
场下情谊厚。
体坛健儿来相会，
亚洲大地助歌喉。

手挽手，齐奋斗，
团结——友谊，

拥抱——握手。

今天留下美好记忆，

明天捧出新的成就。

1996 年 1 月为第三届冬亚会在哈尔滨举行而作

这里不是你该留恋的地方

这里不是你该留恋的地方
你的歌声总带着一丝丝忧伤
当你把手儿伸给我的时候
我却感到一阵阵冰凉、冰凉
啊——为什么
难道这就是你心灵的创伤

这里不是你该来的地方
你的眼中总带着几分惆怅
当我把脸儿靠在你的肩头
我也感到一阵阵滚烫、滚烫
啊——为什么
难道你的胸中也翻腾着波浪

啊——抛开忧伤
走出小屋就是宽广
啊——抛开烛光
外面的世界充满阳光

啊——美丽、善良的姑娘

啊——让我们手牵手

走出小屋就是宽广

啊——让我们手牵手

外面的世界充满阳光

啊——你就是我心中的太阳

（这段歌词选自作者的中篇小说《相见时难别亦难》）

曾经说过

你曾经说过你喜欢我，
我也曾说过我喜欢你。
但不知道为什么，
我们却不能相聚在一起。

你曾经说过你相信我，
我也曾说过我相信你。
但我不知道你在哪里，
也许你也不知道我在哪里。

难道这就是萍水一聚，
难道这都已成为过去。
在今后的日子里，
只留下一段无言的回忆。

（这段歌词选自作者的短篇小说《失落的等待》）

故意地……

故意地，故意地，
故意地不告诉你。
不告诉你我在哪里，
不告诉你我是否还爱你。

故意地，故意地，
故意地不去问你。
不问你要去哪里，
不问你是否知道我还爱你。

故意地，故意地，
故意地不去理你。
不理你，你也不会生气，
不理你，我也仍然爱你。

故意地，故意地，
故意地回过身去。
回过身去等待你，

等待你的脚步和话语。

故意地，故意地，
故意地等待你。
等待你不再远去，
等待你再一次相聚。
等待你不再远去，
等待你永远相聚。

1999 年 8 月 4 日

Hate You and Love You

Do you know?

I love you.

我的眼神中早已告诉过你。

我们的每一番话语，

都是一番情意。

回首在一起的日子里，

多么甜蜜，多么惬意。

Do you know?

I hate you.

怎么就不能珍惜

那一番情意。

当我要离开你的时候，

为什么不能说一句——我爱你，

把我留下，让我们永远在一起。

啊，我爱你——

　爱你真情的过去；

啊，我恨你——

　恨你的无情无义；

啊，我爱你又恨你，

　　Love You and Hate You,

　　Hate You and Love You.

（这段歌词选自作者的中篇小说《相见时难别亦难》）

这一片黑土地

没有忘记这一片黑土地，
没有忘记那一条冰封的小溪，
没有忘记那低矮的窝棚
　　屋檐下的老玉米，
还有那老乡的深深情意
　　深深情意。

怎能忘记这一片黑土地，
怎能忘记那一条小路的崎岖，
怎能忘记那茂密的黑松林
　　背靠着高高的山脊，
还有那段冰冷日子里的
　　火热记忆。

如今还是这片黑土地，
还是那条冰封的小溪，
那片茂密的黑松林
　　依然背靠着高高的山脊。

没有了低矮的窝棚
　屋檐下的老玉米，
只有那条空旷的小路
　闪烁着剥蚀了的记忆。

　　　　2000 年 4 月 12 日

这里曾是一条小河

这里曾是一条小河，
常年流淌着清亮的水波。
鱼儿在水中游泳，
姑娘们在岸边洗衣唱歌，
冬天，她变成了一条洁白的明镜，
映照着孩子们的欢乐。

这里曾是一条小河，
可现在却不见了那清亮的水波。
不见了鱼儿的身影，
不见了姑娘们洗衣唱歌，
只剩下一条干涸的沙带，
诉说着孤独和寂寞。

这里曾是一条小河，
如今又有了一个新的传说。
生态治理的蓝图，
已经描绘出五彩斑斓的颜色，

就在不久的将来，
蓝蓝的河水又会从这里欢唱着流过。

2000 年夏

生活就是这样

生活就是这样
就是这样就是这样
忙忙碌碌碌碌忙忙
吵吵闹闹闹闹嚷嚷
酸甜苦辣都会有
伤心痛苦也无妨
爱就爱个天翻地覆
爱就爱个地久天长

每个家庭都是这样
都是这样都是这样
父子爱，母女爱
夫妻爱，兄弟姐妹爱
一个家庭就是一个爱的湖泊
世界就是一个爱的大海洋

2000 年秋

祝福每一个人都活得更好

我们的人生多么美好，
我们的世界多么美妙。
要活就要好好活着，
不要让时光白白溜掉。
不该做的事情不要去做，
该做的事情就一定要做好。
没有规矩就没有方圆，
不破规矩就没有创造。
用一颗真心，
去感悟
　感悟这个世界的美好；
用一片真情，
去化解
　化解人间的烦恼；
用一段真诚，
去祝福
　祝福每一个人都活得更好！

　　　　　2001 年 4 月 27 日

中国人最看重过大年

中国人最看重过大年，
过年的时候家家户户盼团圆。
儿女的一声问候，
心中比蜜甜。
只要永远亲情在，
天空一样蓝。
只要永远亲情在，
天空一样蓝。

中国人最看重过大年
过年的时候家家户户都团圆。
举起一杯酒啊，
都有好祝愿。
你敬我来我敬你，
生活多灿烂。
你敬我来我敬你，
生活多灿烂。

2002 年 10 月 1 日

今夜我们迎接灿烂的明天

今夜星光灿烂，
今夜阖家团圆，
今夜举国欢庆，
今夜，
　我们共同守候那一刻的庄严。

今夜歌声嘹亮，
今夜舞姿翩翩，
今夜告别美好时刻，
今夜，
　我们共同倾诉心中的那份留恋。

今夜我们欢聚，
今夜我们狂欢，
今夜我们手牵手，
今夜，
　我们共同去迎接灿烂的明天。

2003 年 1 月

盼团圆

每逢佳节倍思亲，
隔海相望盼亲人。
我们都是龙的传人，
兄弟姐妹一家亲。
莫教白发空思盼，
莫教少年有家也无处寻。
隔山隔海盼团圆，
走遍天涯海角也不变心。
我们都是龙的传人，
叶落要归根。

2003 年中秋前夕

为诗词谱曲

曲成初按

让我们再忘形一次
让我们再天真一回
——摘自《今日重相聚》

我是小小修道工

1=D　$\frac{2}{4}$

申忠信　词曲

活泼、欢快地

```
1  3   5 5 | 6  6   5 | i 2  i 6 | 5  -  |
我 是  小 小   修 道  工,  修 道  工,
我 是  小 小   修 道  工,  修 道  工,

1  2   3 3 | 5  3   2 | 5 3  2 1 | 3  -  |
道 路  修 得   平 又  平,  平 又  平。
道 路  修 得   平 又  平,  平 又  平。

3  3   5  | 6     6  | i    2  | 6  -  |
连 接  起    千     家    和    万    户,
我 为       祖     国    做    贡    献,

i  i   6  | 5     6  | 5 3  2 3 | 1  -  :‖
连 接  起    南     北    和    西    东。
道 路  修    得     平    又    平。

i  i   6  | 5     3  | i 2  3 2 | i  -  ‖
道 路       修     得    平    又    平。
```

小天鹅，飞呀飞

1=D 4/4

申忠信 词曲

3·5 5 — | i· 6 5 — | i· 6 5·3 |

小 天 鹅　　　飞 呀 飞，　飞 遍 祖 国
小 天 鹅　　　飞 呀 飞，　白 云 朵 朵
小 天 鹅　　　飞 呀 飞，　台 湾 宝 岛

5· 2 3 1 — | 1· 2 3·5 | i· 7 2 6 — |

山 和 水。　飞 到 宝 岛 台 湾 去，
颤 巍 巍。　问 候 宝 岛 亲 兄 弟，
早 回 归。　我 们 盼 望 大 统 一，

1.2.

i 2 i 6 5· 2 3 | 1 — — — :‖

久 别 亲 人 要 聚 会。
问 候 宝 岛 亲 姐 妹。

3.

i 2 i 6 5· 3 7 2 | i — — — ‖

祖国前程 无 限 美。

无　题

1=ᵇA　4/4

申忠信　词曲

舒缓、深情地

```
5 3 5 6  1 -  | 2 3  5 4  3 -  | 2·3  5 6  7  |
闪    闪   青  眸 子，  脉

6 -  6·4  | 3 2 3 2  1 -  | 2·3  5 6  7  |
脉   含  深 情。   疑 是 莺

6 -  1 6  1 2  | 3 - -  2 3  | 5 4  3 - -  |
莺   到，

6  5 -  5 0  | 6  5 -  5 0  | 2 1  5 6  7  |
红 娘     红 娘     红 娘 何 处

6 - - -  ‖
停。
```

思　归

1=G $\frac{4}{4}$　　　　　　　　　　　　　　申忠信　词曲

稍慢、抒情地

5·6 32 16 | 2 - - - | 5 3 56 72 |
小　窗　但　　见　　风　　光

6 - - - | 6 5 32 16 | 2 - - - |
改，　　　　觅　得　萧　　条

1 3 21 6 | 1 - - - | 3·2 3 5 |
又　　几　　枝。　　遥　望　茫　茫

2·3 1 6 | 12 3 - - | 6 5 - ·4 |
云　去　　处，　不　知　　·

32 3 - - | 6 5 5 3 | 21 6 5 - ‖
何　日　　何　日　是　归　　　期。

浪淘沙·登黄鹤楼

1=D 2/4

申忠信 词曲

```
1 1·2 | 3 5 | 6 - | 5·1 6 1 6 5 | 3 - ‖: 1·2 |
健步   上高楼，  举目神      游，    气吞
                                        何时

3 5 | 6·3 | 2 3 1 6·3 | 2 3 6 | 5 - | 3·2 |
三楚扼江喉。 扼江       喉。  历数
如约驾轻舟。 驾轻       舟。  往事

3 5 0 | 6·5 | 6 0 | 6·5 | 6 1 0 | 3·2 | 3 0 |
风流  多少事，  历数风流  多少  事，
依稀  相去远，  往事依稀  相去  远，

rit
3 - | 2 1 6 5 | 3 - | 2 - | 3 - | (1 2 3 | 3 -) |
历  数风流多少  事，
往  事依稀相去  远，

5 3 2 | 1 1 | 1 - | 5 3 2 | 1 1 | 1 - | 5 3 5 |
千古  悠悠，  千古  悠悠，  千古
切莫  停留，  切莫  停留，  切莫
```

1.
6　6｜6 -｜3 · 2｜3　5｜6 -｜1̇　1̇　6｜5　1｜
悠　悠，　　虚　度　几　春　秋，　竟　教　　白

2.
2 -　：‖6　6｜6　3̇5̇｜6　6｜6 -｜6 -‖
头，　停　留。　莫　停　留。

几千年风雨几千年路

1=G 2/4　　　　　　　　　　　　申忠信　词曲

(6 5̲0̲ | 6 5̲0̲ | 6̲6̲ 6 | 5̲0̲ 6̣ | 5 5 | 3̲2̲ 1̇ |

5̣̲ 5̣̲ 1̣̲0̲) ‖: 1̲2̲ 3̲1̲ | 2 - | 2 3̲0̲ | 1̲ 2̲ | 3 2̲1̲ |
　　　　　　　　脸朝　黄土　哟　　　嘿　背朝　天来
　　　　　　　　走出　黄土　哟　　　嘿　走出　古原

6 - | 5 1̲2̲ | 3̲1̲ 2̲ | 2 | 3 1̲ | 2̲1̲ 6̣ | 6̣ |
哟　　嘿，浑浑　噩噩　就　是　几　千　年　哪。
哟　　嘿，走出　风风　雨　雨　的　繁　衍　哪。

5 - | 6̣ 0 | (2 6̲0̲ | 5̣ 6̲0̲ | 5̣ 5̣ | 6̣ -)
哟　　嘿！　　哟　嘿　哟　嘿　哟　哟　嘿！
哟　　嘿！　　哟　嘿　哟　嘿　哟　哟　嘿！

1̲1̲ 3̲3̲ | 2̲ 3̲2̲ | 1 1 | 1̲1̲ 3̲3̲ | 2̲ 3̲2̲ | 1 6̲0̲ |
沉甸　甸的　镢　头　刨　出了　一道　道　垄　哎，
黑亮　亮的　犁　铧　开　出了　一条　条　路　哎，

1̲1̲ 1̲6̣̲ | 2 1 | 1̲1̲ 1̲6̣̲ | 1 3̲ 2̲ | 6̣ 1̲ | 5̣ 0 |
赤裸　裸的　双　脚　踩平了　一　个　个　埯　哟，
粗糙　糙的　双　手　推翻了　一　座　座　山　哟，

5 5 53 | 2 1 | 11 13 | 2 7̇ 6̇ | 5 6 | 2 2 21 |

咸丝 丝的 汗 呀 太阳 晒也 晒 不 干，苦辣 辣的
明晃 晃的 月 亮 有 缺也 有 圆，金灿 灿的

2· 5 | 5 - | 2 2 2 1 | 2 3 | 3 2 1 | 6 - |

泪 呀， 淌了 一年 又 一年，
太 阳， 照红 了地 也映 红了 天，

6 5 | 53 32 | 1 - | 1 1 6̇ | 2 2 6̇ | 5 1 2 |

一 年又 一 年。 几千 年 的 沉
映 红 了 天。 敲开 古 老的 荒

3 - | 2 2 21 | 4 32 | 1 - | 1 1 6̇ | 4· 5 |

睡， 几千 年的 痉 挛， 几千 年 的
蛮， 抖落 天真 的 梦 幻， 砸碎 沉重

32 12 | 3 - | 2 2 21 | 2 3 | 5 - | 6 50 |

麻 木， 几千 年的 震 颤， 哟 嘿
的 枷 锁， 冲出 尘封 的 羁绊， 哟 嘿

6 50 | 66 6 | 5 0 | 5· 5 | 1 - | 3 3 2 |

哟 嘿 哟哟 哟 嘿 哟 哟 嘿！ 几 千 年
哟 嘿 哟哟 哟 嘿 哟 哟 嘿！ 几 千 年

3 3 | 1 5 | 53 2 3 | 3 2 | 12 3 | 2· 1 |

风雨 几 千 年 路，只 有 那耳 边 哟
风雨 几 千 年 路，踏 着 那坚 实 的 步

6 0 | 6 3 | 3 - | 2 1 6 0 | 3 6 | 6 - |
嘿　　　响　着　哟　　　　　　遥　远　的
子　　　坚　实　的　　步　子　道　路　越

3 5 | 5 3 2 0 | 6 5 0 | 6 5 0 | 6 6 6 | 5 0 6 |
呼　唤　哟　嘿，　哟　嘿　　哟　嘿　　哟哟　哟　嘿　哟
走　越　宽哟　嘿，

[1.]

5 5 | 3 2 1 | (5 5 1 0) : | 6 3 | 2 - | 2 6 |
嘿　哟　哟　嘿！　哟哟　嘿！　　　越　走　越

[2.]

1 - | 6 5 0 | 6 5 0 | 6 6 6 | 5 0 6 | 5 5 |
宽。　哟　嘿　哟　嘿　哟哟　哟　嘿　哟　嘿　哟

3 2 1 0 | 5 5 | 1 - |
哟　嘿　哟　哟　嘿！

今日重相聚

1=G 4/4   申忠信　词曲

深情地

6 | 1 2 3 3 2 1 | 2 3 - 6 | 1 2 3 3 1 2 |
往　昔 的 日 子 没有　忘 记，　老　同学 今日 重又

7 6 - 3 5 | 6 6 6 5 6 | 6 5 3 - 6 1 |
相　聚。　嘴角　颤 动 着 热情 和欢 乐，　眼中

2 2 2 7 1 | 7 7 6 - 6 0 | 6 6 - 6 0 |
闪 烁 着 激动　和惊 喜。　　拉　起

6 5 3 - 3 0 | 6 6 - 6 0 | 6 5 3 - 3 0 |
你的　手，　　举 起　我的 杯，

6 6 6 6 · 0 | 5 6 5 3 · 0 | 6 6 6 6 · 0 |
让我 们 再　忘形 一 次，　让我 们 再

5 6 5 3 · 0 | 1 2 3 - 2 1 | 2 3 · 7 7 · |
天真 一 回，　饮下 这 三十 年 的 风风

5 6 6 · 0 3 5 | 6 6 6 1 1 6 5 | 6 5 3 - 6 1 |
雨雨。　美好 的回 忆并未 完全 过 去，　仍然

2 2 2 7 1 1 | 7 7 6 6 0 | 6 6 6 5 6 5 |
停留 在 我们的 目 光里。　　让我 们 拥

3 - 1 2｜3 3 - 6̇｜2 2 1̂6̇ 1｜2 - 2 3｜
抱，拥 抱 过去； 让 我 们 拥 抱， 拥抱

1 6̇ - -｜6 6 6 5｜6̂5 3 - 3̇0｜i̇ i̇ 7̇ 5̇｜
今 天； 让 我 们 拥 抱， 拥抱 未

6 - 3 3 2｜1̂2 3 - 6̇｜3 3 2 1｜
来。 青 春 的 脚 步 仍 然 催 动 着

7̇ 7̇ 7̇ 5̇ 6̇｜6 - - 0 ‖: 6 6 - 6̂0｜
我 们 的 血 液。 拉 起

6̂5 3 - 3̇0｜6 6 - 6̂0｜6̂5 3 - 3̇0｜
你 的 手， 举 起 我 的 杯，

6 6 6 6 · 0̇｜5 6 5 3 · 0̇｜6 6 6 6 · 0̇｜
让 我 们 再 忘形 一 次， 让 我 们 再

5 6 5 3 · 0̇｜1 2 3 - 2 1｜2 3 · 7̇ 7̇ · ｜5̇ 6 - -:‖
天真 一 回。 饮下 这 三十 年 的 风 风 雨雨。

6 6 6 6 · 0̇｜5̂6 5 3 · 0̇｜1 2 3 - 2 1｜
让 我 们 饮 下 饮下 这 三十

2 3 3 - 0 7̇｜7̇ - - 5̇｜6 - - -｜6 - - 0‖
年的 风 风 雨 雨。

社会主义现代化靠我们来实现

1=G 2/4

申忠信　词曲

5 5 ‖: 3 3 2 | 1 6 1 | 5 5 5 | 3 3 2 | 1 6 1 |
驾起　　改革的 航　　船，扯起 开放的 风
（投入）　改革的 大　　潮，搏击 在风口 浪

2 3 3 | 6 6 5 | 1 2 1 | 6 5 5 | 5 5 3 | 2 1 2 |
帆。发挥 内 部 的 优　势，创造 外 部 的 条
尖。依靠 群 众 的 智　慧，开创 崭 新 的 局

1 - | 6 6 6 5 | 6 - | 1 6 5 | 3 - | 3 3 3 2 |
件。　依靠 科 技　进　步，　抛开陈
面。　树立 必 胜 信　心，　坚定社会

3 · 2 | 1 6 1 | 2 - | 2 · 2 5 3 3 | 1 2 1 |
腐 的 观　念。 形 成 外 向 经 济
主 义 信　念。 创 造 安定的 社 会

6 5 | 0 5 5 | 5 · 3 3 | 2 1 2 | 1 - | 0 5 5 |
框 架，促进 经 济 飞速 发 展。　解放
环 境，振兴 美 丽的 家　园。　团结

$\underline{3}$ 3 $\overset{\frown}{2}$ | $\underline{1\,2}$ $\overset{\frown}{1\,7}$ | 6 $\cdot$ $\underline{3\,3}$ | 6 $6\overset{\frown}{5}$ | 4 3 $\overset{\frown}{2\,5}$ |

思　想　　排除　万　难，抓住　机　遇　　迎接　考

一　致　　奋力　登　攀，艰苦　创　业　　开拓　向

3 — | 1 $\underline{1}$ $\overset{\frown}{7}$ | 6 $\cdot$ | 5 $\cdot$ | $\underline{5}$ $\underline{1\,2}$ | 3 — | $6\,\cdot\,\underline{5}$ |

验。　坚持　　两　个　文　　明　协　调

前。　开创　　两　个　文　　明　崭　新

$3\overset{\frown}{2}$ | 1 — | 1 $\underline{1}$ $\overset{\frown}{7}$ | 6 $\cdot$ | 5 $\cdot$ | 5 | $\underline{1\,2}$ | 3 $\cdot$ 0 |

发　展，社　会　　主　义　现　代　化

局　面，社　会　　主　义　现　代　化

1.

$\underline{5}$ $\underline{5}$ $\underline{3}$ | 2 1 | $\underline{5}$ $\underline{5}$ $\underline{3}$ | 2 1 | $\underline{5}$ $\underline{5}$ $\underline{3}$ | $\overset{\frown}{2\,1}$ $\underline{2\,3}$ |

靠我　们　实现，靠我　们　实现，靠我　们　来　实

靠我　们　实现，靠我　们　实现，

2.

1 $\underline{5}$ $\underline{5}$: | 0 5 | 5 $\cdot$ 3 | $\overset{\frown}{2\,1}$ | $\underline{2\,3}$ | 1 0 |

现。　投入　　靠　我　们　来　实　现。

这里不是你该留恋的地方

1=F 4/4

申忠信　词曲

6 1　2 3　3 - | 2 3　2 1　1 · 1 | 7 6　6 - - |

这里　不是　你该　留恋　的　地方，

这里　不是　你该　来的　地方，

3 5　6 6　6 - | 5 6　5 3　3 · 3 | 3 5　2 - - |

你的　歌声　总带　着一　丝丝　忧　伤。

你的　眼中　总带　着几　分　惆　怅。

3 5　6 6　6 · 6 | 6 5　5 3　3 - | 6 1　1 - - |

当你　把手　儿　伸给　我的　时候，

当我　把脸　儿　靠在　你的　肩头，

6 1　2 3　3 - | 2 - 3　5 · | 7 6　6　7 6　6 |

我却　感到　一　阵阵　冰凉　冰凉。

我也　感到　一　阵阵　滚烫　滚烫。

3 5　6 - - | 6 · 5　6 - | 6 6　6 5　5 · 3 |

啊——　为　什么，　难道　这就　是

啊——　为　什么，　难道　你胸　中

3 5 3　5 6　6 - ‖: 5 3　5 6　6 - | 2 1　2 3　3 3　3 |
你心灵 的创 伤？　啊——　　　抛开 忧伤，
也翻腾 着波 浪？　啊——　　　让我 们手 牵手，

6 1　2 3　3 - | 2 3　1 6　6 - | 5 3　5 6　6 - |
走出 小屋，　就是 宽广。　啊——
走出 小屋，　就是 宽广。　啊——

2 1　2 3　3 3　3 | 3 5　3 6　6 6　6 | 5 3　5 6　6 - |
抛开 烛光，　外面 的世 界 充满 阳光。
让我 们手 牵手，　外面 的世 界 充满 阳光。

2 1　2 3　3 - | 2 3　3 0　2 1　1 0 | ⌜1.　2 1　1 -　7 1 |
啊——　　美丽　善良　的姑
啊——　　你就　是我

6 - - - | 2 3　3 0　2 1　1 0 | 2 1　1 -　7 1 |
娘。　美丽　善良　的姑

⌜2.
6 - - - ‖: 7 2　1　7 6　1 | 1 7　6 - - |
娘。　心中 的 太　　　阳，

2 3 3 0 2 1 1 0 | 7 2 1 7 6 1 | 1 7 6 - - |
你就　　是我　　心中　的　太　　　　阳，

5 3 5 - | 7- 7 5 6 | 6 - - - | 6 0 0 0 ‖
心中　的　太　　　阳。

（这段歌词选自作者的中篇小说《相见时难别亦难》）

曾经说过

1=^bA 2/4 申忠信 词曲

5 1 2 | 3 | 3 - | 2 | 2 3 | 6 - | 6 1 2 | 3 |
你曾经 说 过 你 喜欢 我， 我也曾 说
你曾经 说 过 你 相信 我， 我也曾 说

3 - | 1 | 1 2 | 3 - | 3 3 5 | 6 | 6 - |
过 我 喜欢 你。 但不知 道
过 我 相信 你。 但不知 道

5 | 5 6 | 2 - | 6 1 2 | 3 | 3 - | 2 3 | 5 |
为 什 么， 我们却 不 能 相
你 在哪 里， 也许你 也 不知 道

6 - | 2 - | 5 6 | 6 : | 3 3 | 6 | 6 - |
聚 在 一 起。 啦啦 啦 啦
我 在 哪里。

5 · 6 | 3 - ‖: 3 5 | 6 | 6 · 6 | 5 6 | 5 |
啦 啦 啦 难道 这 就是 萍水 一

3 - | 6 1 | 2 | 2 - | 1 2 | 3 | 3 - |
聚， 也许 都 已 成为 过 去。

6 1 2 　3｜2 · 3｜6 - | 6 1 2 　3｜3 　3 0|

在今后　的 日　子 里，　　只 留下　一 段

6 1 　2 |3 · 5 | 5 - | 6 - | 6 - :‖

无言　的　　　回　忆。

渐慢

6 1 　2 | 2 　3 | 5 - | 5 - | 6 - | 6 - ‖

无言　的　　　回　忆。

（这段歌词选自作者的短篇小说《失落的等待》）

故 意 地

1=D 4/4

申忠信　词曲

```
5· 6 5 - | 1· 2 1 - | 1 2  3 2  1· 6 |
故  意 地，    故  意 地，   故意 地不 告 诉
故  意 地，    故  意 地，   故意 地不 去 问
故  意 地，    故  意 地，   故意 地不 理
故  意 地，    故  意 地，   故意 地回 过 身
故  意 地，    故  意 地，   故意 地等 待

5· 1  2 1  6 | 5 6  5 3  3 3  3 | 2 3  2 1  2  2 3 |
你， 不 告诉 你 我在 哪里，         不告 诉你 我  是
你， 不 问 你 要去 哪里，           不问 你是 否 知道
你， 不 理 你 你也 不会 生 气，     不理 你我 也 仍然
去， 回 过身 去 等待 你，           等待 你的 脚步 和
你， 等 待 你 不再 远去，           等待 你 再 一次

6· 5 6  1 - :‖ 结束句.
              1 2  1 6  6 - | 5 6  5 3  3 - |
否  还爱 你。  等待 你       不再 远去，
我  还爱 你。
爱     你。
话     语。
相     聚。
```

戡乱人生 二佳 ——申忠信诗词作品集 —————

2 3 2 1 | 2 3 3 | 6 5 6 | 1 - | 2̇ 3̇2̇ 1̇ 2̇ |
等待 你 再 一次 相 聚。 等 待 你 永

3̣ 6 - 5 6 | 1̇ - - - ‖
远 相 聚。

Hate You and Love You

1=E 4/4

```
3 5   6·5 3 | 12 3  21 6 | 21 2·3 3 |
Do you know?    I     love you. 我的 眼 神 中

5 3 65 6 3· | 21 2· 5 35 | 2·1 6 21 |
早已 告诉 过 你。 我们 的   每一番 话   语, 都是

2 3·1 7 | 6 53 6 - | 21 2·3 23 |
一番 情         意。  回首 在 一 起的

1·2 6 - | 12 33  3 - | 53 56 6 - |
日 子 里,    多么 甜蜜,     多么 惬意。

1 7 65 6 - | 35  6 53 | 12 3 21 6 |
多么惬 意。 Do you know?    I      hate you.

12 3 33 5 65 | 3·1 1·7 | 6 53 5 6 - |
怎么 就不能 珍   惜那 一番 情        意。

21 2 3·5 | 2·3 1·2 | 6 21 2 3· |
当我 要 离 开 你 的 时    候, 为什 么 不

33 53 5 6· | 2 - 32 1 | 6 1 - 10 |
能够 说一 句 我    爱   你?
```

戏墨人生 ——申忠信诗词作品集 ————

6 5　6 1　1　-　|　5 6　5　3 · 2　|　3 2　1　5　6 · |
把我 留下，　　让我 们 永 远　在　一 起。

2　-　3 2　1　|　6　-　1　-　|　6 1　2 3　3　-　|
永　远在　　一　起。　　啊——

2 3　2 1　6　-　|　6 1　2　3 · 6　|　5 4　3　-　-　|
我 爱 你，　爱你 真 情 的　　过 去。

6 1　2 3　3　-　|　2 3　2 1　6　-　|　6 1　2 3　3　-　|
啊——　　　我 恨 你，　恨你 的无 情

5　6 5　5 3 · |　6 1　2 3　3　-　|　2 3　2 1　5 1 · |
无　义。　　啊——　　　我 爱 你，

3　2 1　5　6 · |　5　3 · 5 6 7　|　6　-　-　-　|
又 恨　你。　爱 你 又 恨 你，

2　-　3 7 · 6 5　6　-　-　|　2　-　2 3　7　|　7　6 7　6 · 5　|
恨 你 又 爱 你，　恨 你 又 爱

6　-　-　-　‖
你。

（这段歌词选自作者的中篇小说《相见时难别亦难》）

这里曾是一条小河

1=F　4/4

申忠信　词曲

深情地

1 2　3　3 -　2 | 1 -　6·1 | 6 1　6　5 - |

这里　曾　是　一　　条　小　　　河，
这里　曾　是　一　　条　小　　　河，
这里　曾　是　一　　条　小　　　河，

3 5　6　6 -　5 | 4 3　2 1　3 - | 5 3　5　2 -　3 |

常年　流　淌　着　清亮　的水　波，　鱼儿　在　水　中
现在　却　不见了那　清亮　的水　波，　不见　了鱼　儿的
如今　又　有　了　一个　新的　传说，　生态　治　理　的

1 -　2　6 | 1 2　3 6　5·4 3 | 2 -　3　5　6 7 |

游　　　泳，　姑娘　们在　岸　边　洗　衣　唱
身　　　影，　不见　了姑　娘　们　洗　衣　唱
蓝　　　图，　已经　描绘　出　五　彩　斑　斓的

6 5　6　1 -· | 1　6 - - | 5 6　5 3　2　1· |

歌。　　冬　天，　她变　成了　一　条
歌。　　只　剩，　下一　条干　涸　的
颜　　色。　就　在　不久　的将　来，

$$\underline{5\ \dot1}\quad \underline{2\ 3}\quad 4\ -\ |\ \underline{5\ 6}\quad \underline{5\ 3}\quad 2\ -\ |\ \underline{2\ 3}\quad \underline{2\ 1}\quad 6\ -\ |$$

洁白	的明	镜，	映照	着		孩子	们的
沙		带，	诉说	着		孤	独
蓝蓝	的河	水	又会	从这	里	欢唱	着

$$\underline{6\ 5}\quad \underline{6\ 7}\quad 1\ -\ |\ \underline{5\ 6}\quad \underline{5\ 3}\quad 2\ -\ |\ \underline{2\ 3}\quad \underline{2\ 1}\quad 6\ -\ |$$

欢		乐。	映照	着		孩子	们的
和寂		寞。	诉说	着		孤	独
流		过。	又会	从这	里	欢唱	着

1. 2.　　　　　　　　**3.**

$$\underline{6\ 5}\quad \underline{6\ 7}\quad 1\ -\ \|:\ \underline{6}\quad 5\quad \underline{6}\quad \dot1\ \cdot\ \underline{6}\ |\ \dot1\ -\ -\ -\ \|$$

欢		乐。				
和寂		寞。				
流		过。	欢	唱 着	流	过。

中国人最看重过大年

1=F 2/4

申忠信 词曲

```
>
1· 6 | 5 - | 5 6  3 2 | 1 - | 3   i |
中  国 人      最  看  重      过
中  国 人      最  看  重      过

6 7  6 5 | 6 - | 3 3 5 | 6 7  6 5 | 5̌3 - |
大      年，  过 年 的   时        候
大      年，  过 年 的   时        候

1 2  3 5 | 3 2  2 6 | 1 - | 2  1 2 | 5  6 5 |
家家 户户 盼 团   圆。      儿 女的 一 声
家家 户户 都 团   圆。      举 起 一 杯
```

深情、陶醉地——

```
5   3 | i   i | 5 6  7 | 6 - | 2 ·  3 |
问  候，心 中 比 蜜 甜。    只  要
酒  啊，都 有 好 祝 愿。    你  敬

5   5 | 5 6  5 4 | 3 - | 2 ·  3 | 5 6 | 7 |
永  远 亲 情 在，  天 空 一 样
我  来 我 敬 你，  生 活 多 灿
```

6 - | 2 · 3 | 5 5 | 5 6 5 4 | 3 - |

蓝。　　只　要　永　远　亲　情　　在，

烂。　　你　敬　我　来　我　敬　　你，

2 · 3 | 5 6 7 | 6 - | 2 · 3 | 5 6 7 |

天　空　一　样　蓝。　　天　空　一　样

生　活　多　灿　烂。　　生　活　多　灿

6 - :‖ 6 · 6 | 5 6 7 | 6 - | i - |

蓝。　　生　活　多　灿　烂。　　生

烂。

6 - | 5 3 5 | 6 - | 6 - ‖

活　　多　灿　烂。

盼 团 圆

1=F 4/4

申忠信 词曲

```
3 6  5653  2 - | 1 6  1 2 3  2 - | 5 3 5  2 · 7  6 - |
每逢  佳节   倍 思  亲，   隔 海  相   望
```

```
1 6  2 7 6  5 - | 6 5 6  1  5165  3 | 3 6  5653  2 - |
盼 亲   人。   我    们 都   是  龙的  传   人，
```

```
6 5 6  7  6765  6 | 1 · 2  3 5  3 - | 2321  1 - - |
兄    弟 姐   妹   兄 弟  姐妹  一    家   亲。
```

```
1  1  2  6 · 7  6 5 | 5 3  56 7  6 - | 2 3 5 5 2 3 2 1 |
莫 教  白  发  空 思  盼，   莫教 少年  有 家
```

```
1 2  3 6  5 - | 6 6  5653  2 - | 1 6  1 2 3  2 - |
无 处  寻。   隔 山  隔 海   盼 团   圆，
```

```
1 · 2  3 5  2 2  2 7 | 6 6  5 6  1 - | 1 · 2  1 6  5 - |
走 遍  天涯  海角  也 不变   心。   我 们  都  是
```

5 3 5 6 7 6 - | 1 2 3 5 2 2 7 | 6 5 6 7 6 1 - |
龙的 传   人， 我们 都是 龙 的   传   人，

‖: 1 2 3 5 2 6 3 2 | 1 - - · 0 :‖ 1 · 2 3 · 5 |
叶 落 要 归 根。   叶   落

渐慢

2 · 6   2 · 3 | 1 - - - ‖
要   归   根。

后　记

　　这本集子原本打算在 2008 年出版的。当时，内容已经整理完毕，并且写了《自序》。后来，由于一些特殊原因，就把她搁置下来。其中一个主要原因就是《诗韵词韵速查手册》的编写工作占据了我的大量时间和精力。《诗韵词韵速查手册》的编写，历经了八年，八易其稿。定稿之后至出版，又经历了两年多。这前后又写了《诗词格律新讲》《诗词格律三十三讲》以及《诗词韵、格、谱集成》等。还有那么两三年的时间，身体失安。现在，又把她翻了出来。回头一看，时间已经过去十几年了。想想，也是到了该让她面世的时候了。由于上面的原因，近年来没有什么创作，所以也不能增加什么内容。于是便想，还是保留 2008 年编排时的内容和风貌吧。所以，《自序》仍然用了 2008 年的稿，编排风格也没有变。在内容上，只是把 2008 年之后的几首格律诗加了进去，虽然没有什么深度，但权作一种记载或纪念吧。

　　这本集子里包括了格律诗、现代诗、歌词和歌曲。初看上去好像有点杂。但她们都是《戏墨人生》的一部分。读过之后也许会改变这种印象。比如，《七滋八味》中的杂诗和《放怀歌一曲》中的歌词，与《星空集》中的诗本应同属现代诗，这里只是细分了一下；几幅发表过的版画和漫画，只是几首杂诗的插图而已；《曲成初按》中的曲子，也大都是为自己创作歌词的谱曲。这里原本有两首歌曲是为中国石油文联 2004 年"西气东输"入选歌词征集谱曲时谱写的曲子，一首是《万里一线牵》，一首是《小黑妹》。由于没有联系上歌词作者，所以这次就没有收入。封面也是原来做了几个，最后选定了这一款。算不上保守，更算不上时尚，只是想让她与内容更加贴切并保持一点矜持和含蓄罢了。

写到这里，耳边传来"滴滴答答"的声响。抬头一看，原来是外面下起了雨。我很喜欢细雨敲窗的声音，也喜欢雨滴落在树叶上的声响。不由得想起宋代词人蒋捷的《听雨》。我此时虽非在"僧庐下"，但也早已是"鬓已星星也"。联想起这倏忽而过的十几年，还真有点岁月无情的感慨。人力的有限，也只好"一任阶前点滴到天明"了。不过，正好乘此对人生作一番咀嚼和品味，那也是一种独特的享受吧。权且以此作为《戏墨人生》出版时的后记。

申忠信

2023 年 7 月 29 日于牡丹江戏墨斋